삶이 빚어낸
인생 그릇

삶이 빚어낸 인생 그릇

펴 낸 날 2023년 01월 20일

지 은 이 월암 이민식
펴 낸 이 이기성
편집팀장 이윤숙
기획편집 서해주, 윤가영, 이지희
표지디자인 서해주
책임마케팅 강보현, 김성욱
펴 낸 곳 도서출판 생각나눔
출판등록 제 2018-000288호
주   소 서울 마포구 잔다리로7안길 22, 태성빌딩 3층
전   화 02-325-5100
팩   스 02-325-5101
홈페이지 www.생각나눔.kr
이 메 일 bookmain@think-book.com

• 책값은 표지 뒷면에 표기되어 있습니다.
  ISBN 979-11-7048-522-3 (03810)

삶의 이야기로 마음 공유

삶이 빚어낸
인생 그릇

월암 이민식 시집

생각나눔

다알리아 꽃

뜨거운 햇빛이 작렬하고 있는 오후 시간
태양의 협박에 못 이겼는지
세월의 꼬드김에 넘어갔는지
화단에 심어 둔 다알리아가
이 가지 저 가지에서 꽃망울을 매달더니
이제는 구슬방울만 하구나
지나가던 바람이 이쁜 꽃 있다고
자랑하더니 바로 너였구나
아이 주먹 쥐고 있던 손가락 하나, 둘 펴듯이
꽃잎이 한 겹 풀 두 겹 풀 천천히 벌어지더니
어른 주먹만큼 크다
천하 절색이라던 양귀비 꽃이 이 꽃에 비할쏘냐
벌어지는 황홀한 꽃의 아름다움은
이 세상 꽃이 아닌 듯싶다
한 송이에 수많은 꽃잎이 사르르 필 때
그 아름다운 색을 어떻게 그려야 할까?
난 무슨 시를 써야 할까?
너무 예뻐서 버거운지 벌 나비도 옆 꽃에 앉았다
한참 뜸 들이다 살포시 이슬처럼
소리 없이 꽃잎 품으로 미끄러지듯 스며드는구나

2022. 5. 29.

각 오

가던 길 못 멈춘다
처음 출발할 때는 확신했는데
지금 이 순간에는 긴가민가 하지만
지금까지 온 길이 너무 많이 와서
돌아갈까?
나아갈까?
멈칫 멈칫 발걸음이 멈추어지고
머릿속은 될까? 말까?
망설여 지지만 또다시 생각해 보고
돌다리도 두들겨 보고 건너야 하지만
반쯤 희망이 있기에 가던 길 가야 하지
않을까?
위험 부담 모험 없이 처음 가는 길
쉬운 길이 있겠나?
살얼음도 살금살금 기어가면
강 건널 수 있겠지
갈 건너 살기 좋은 마을 있다는
믿음이 있는데
그 마음 약해지지 않게
오늘도 마음 다져 보네

2022. 5. 30.

세상 사는 재주

세상에는 참 방법도 많다
시각, 청각, 후각으로
세상을 휘어잡는 법 있으니
저마다 장기로 세상에 관심을 받는다
그 효력이 끝나면
달력 장 넘어가듯 잊어져 가나 보다
산속에서 꽃 향기가 난다
사방을 둘러봐도
눈에 확 띄는 꽃은 없다
한 마리 벌이 되어
향기가 짙어지는 곳으로 다가가니
누런 솜사탕같이 몽실 몽실한 밤꽃
화려하지 않기에
특유한 향기를 피우는 재주가 있었나 보다
화려한 시각보다 강력한 후각의 향기로
온 들녘을 장악하고
벌, 나비 불러 모아 잔치를 하고
한 세상 부귀영화를
누리고 가는가
보다

2022. 5. 31.

사후 생각

오월이 일력 한 장을 남겨 두고 떠나려 하네
무심코 가는 세월이지만 언젠가는 어느 날
나도 정든 이 세상을 떠나 낯선 저세상으로 가겠지
그때를 위해 난 무얼 준비하고 있을까?
마음에 각오도 생각도 해 본 적 없는데
부정하고 모른단 한다고 안 올 세월도 아닌데
어느 날 문득 그 일이 내 앞에 와
내 손목을 잡고 함께 가자 하면 난 얼마나 당황해할까?
왜 진작 이날을 위해
조금이라도 준비한 것이 없을까? 하고
후회 막급을 하겠지
이 세상에 머문 만큼 미련도 아쉬움도 클 텐데
계절에 청춘 오월이 내일이면
장년이 된 유월로 바뀌는데
나 역시 지나온 세월보다
남은 세월이 생각보다 훨씬 짧겠지
자꾸만 저 세상이 가까워지는데
그런 줄도 모르고 주머닛돈만 세고
매일 일할 헛 연구만 대고 있으니
내 어리석음을 어찌할꼬?

2022. 5. 31.

시간

오늘이 오월의 마지막 날이네
달력은 한 장 넘어
내일이면 다른 세월이다
인위적으로 나누어 놓은
시간의 구분이지만
오늘 폈던 꽃
내일도 피고 지고를 반복한다
끊김 없는 이 연속성 속에
눈에 보이지 않을 만큼
작은 변화가
어떤 사물에게는
생사의 벽이 된다

2022. 5. 31.

부모의 일생

꽃을 바라본다
이쁘다
보이는 이것이 전부였으면
좋을 텐데
화려한 날들이 피고 지고 나면
우리 옆에 서 있던
아름다운 가객은 가고
한 잎 두 잎 퇴색되어가는
꽃잎을 바라보니
가슴이 아프다
꽃이 피고 나면
나의 시대는 가고
씨앗이 영글어 갈 때까지
피와 땀과 눈물로 크는 씨앗이여
그대는 아는가?
무대 뒤에서 열심히
뒷바라지하는
부모의 열정을…

2022. 6. 1.

행복한 하루

긴 하루의 여행이었다 오늘이 유월의 단오다
태양의 기운은 하늘을 찌르고도 남는다
긴 황강의 물줄기는 살아있는 이무기가
용이 되기 위해 굽이쳐 흐르는
강물을 거슬러 올라가는 듯
석양에 비친 물 조각 조각들은
붉은 이무기의 비늘인 양 반들거리고
맛있는 이른 저녁을 먹고 그녀를 집으로 데려다주고
돌아가는 길 참 행복하다
석양에 비친 도로가 환상적이다
강둑 따라 이어진 수양버들 군락에 왜가리는 집을 찾아들고
수양버들가지는 넘실덩실거리며 응원을 한다
하얀 백사장에 종달새들이
월드컵 축구 게임이라도 벌어졌는지
뭐라뭐라 하며 몰려갔다 왔다를 한다
기쁨으로 떠받친 내 마음은 새털처럼 가볍다
아름다운 풍경에 기분 좋은 마음
삶의 낙을 마음대로 누리는 것 같다
좋은 환경에서 사는 삶
난 참 행복하다

2022. 6. 3.

각자도생

줄 장미꽃이
달콤한 아침 이슬 한 모금에
좋아진 기분으로
고양이처럼 담장을 타고 있다
햇살의 유혹에 하늘로 올라갈 듯
등엔 빨간 꽃 가방을 메고
벌 나비는 꿀 한 점 얻어먹겠다고
어린아이처럼 재롱을 부린다
튼실한 태양의 발걸음은
오늘도 씩씩하게
유월의 하늘을 휘젓고
발자국 소리에 놀란
구름은 산 뒤로 얼른 숨는다
먹고 살겠다고 도로 공사 중인
포크레인은 가쁜 숨을 몰아쉬며
열심히 일하고 있다
덩달아 내 마음이 급해진다
나도 얼른 들로 나가
나를 찾는 식물들과
행복한 하루가 되어보자

2022. 6. 3.

부 부

유월의 장맛비는
세상사 모든 이야기 다 씻어 낼 듯이
기약 없이 내린다
아무런 생각도 없는지
며칠을 밤인지 낮인지 모르고 내리고 있다
이런 날이면 지나온 삶 이야기가
물꼬에 물 넘어 나오듯
가슴 밑바닥에서 우리 이야기가 넘어 나온다
너와 내가 부부란 인연을 맺은 지도 40년
동고동락한 세월에 느낌
참 좋다!
이렇게 이런 날은
농주 한 잔에 부추전 안주로
자네 한 잔, 나 한 잔
술잔에 술을 채우면
지난날 이야기도 슬며시 녹아들고
언제나 나보다 당신이 먼저라고 한 사람
오해보다 이해를 선택해
마음 편안하게 해 준 당신
정말로 그대를 진정 사랑합니다
내 삶에 전부가 되어버린 당신

당신은 참 고마운 사람이야
비 오는 날 아름다운 그대와
나의 추억이 노인에서
청춘의 청년으로 바꾸어 준다
인생을 모르고
삶이 어떤 이야기인지도 모를 시절
무작정 좋은 감정 하나로 시작한 일
처음에는 실낱 같이 약했으나
지금은 정으로 얽히고설킨
세월을 엮어 동아줄이 되었네
참! 고마운 당신!
언제나 어디서나 내 곁에서 내 편이 되어
나를 지켜준 사람
당신과 함께한 시간이 고맙고 행복했네
만약에 이 세상에
지고지순한 사랑 이야기가 있다면
너와 내가 가지고 있는
사랑하는 이 마음일 거야
죽은 그 순간까지
그대 손만 잡고 싶어라

2022. 6. 6.

모내기하는 날

유월 단오 지나고 망종이라
겨울 작물 수확을 알리는 절기다
하지를 코앞에 둔
태양의 전성시대다
밀, 보리밭은 베어지고
물이 든 논에
이양기 봄 소풍 가듯
설렁설렁 몇 바퀴 돌고 나면
한 논빼미, 두 논빼미
상전벽해 하듯 들녘을 빠르게
바꾸어간다
들판에 주인이 바뀌어 갈수록
왔다 갔다 하던 여름
이제는 제 살림 꿰어 찬다
먹고 살겠다고 남녀노소 할 것 없이
한 달을 매달렸던
지난날 활기찬 들녘에는
서산을 기웃거리는 짧은 햇살만큼
말술통 농주가 비어 갈 때쯤이면
석양빛에 얼굴이 물든 것인지
농주에 취해 반 술이 된 것인지 몰라도

얼굴이 붉게 물들었다
못줄 넘기며 시작된 노동가
주거니 받거니 하며 부르는 노래가
들판을 건너 해거름쯤이면
동네로 모여들어 동네 잔치였는데
지금은 그 노동요 부르던 사람도
노랫가락도 세월 따라 가 버렸고
농우소 대신 트렉터가
사람 대신 이양기가
대체 된 들녘엔
모심는 날엔
전동차 탄 노인만 한 둘
왔다 갔다 하는구나

2022. 6. 7.

불가사의

유월이라 농번기다
환갑을 넘긴 나이라
농사일 해보니
자꾸만 버거워진다
옛 어른이 하신 말씀 생각나네
육십을 넘기면 해마다 다르고
칠십을 넘기면 달마다 다르고
팔십 인생고개 넘고 나면
날마다 다르다고 했는데
살아보니 그 말씀 참말이네
경험만큼 오진 진리 없네
들에 오며 가며 인사하던 사람
안 보여 물어보면 병원 갔단다
살 날이 얼마 안 남았단다
힘이 빠진다
이웃 동네 부지런하고
건강하기로 소문난 사람
어제 농기계 사고로 죽었단다
소리소문없이 하나, 둘 대책도 없어
제 살던 곳에서
어느 날 문득

떠나갔다는 소식에
흥심이 풀려 일이 손에 안 잡힌다
하루 지나 이틀 지나면
술잔 속에 오고 가는 이야기가 되고
이 핑계 저 핑계로 아무 일 없다는 듯이
무관심해진다
그 죽음 나와는 아무 상관 없는
남의 이야기로 끝낸다
사실 언젠가는 어느 순간에
남의 이야기가 내 이야기로 변할 때
난 얼마나 놀라고 황당해하며
허둥거릴까?
다가올 준비 안 된 그 날이
너무 무섭다
농번기라 농사일로 피곤한 몸
초저녁 잠으로 때우고 나니
자정에 눈뜨니
오라는 잠은 안 오고
이런 생각 저런 생각
모든 살아갈 궁리 다 해 보지만
세상살이 마지막 이야기는

오늘도 삼일천하
내 앞날 이야기가 아니고
남의 이야기로 끝내는 망각
이것 때문에 두더지 앞만 보고 굴 파듯
현실만 생각하다
어느 날 문득 준비 없이 당하고 말
내 인생인데
왜 그날 이야기는 생각조차
하기 싫을까?
뻔히 알면서도 당하는
아차 하는 순간
통탄하는 이야기가
인생사 최대
불가사의네

2022. 6. 7.

소낙비

구름은 하늘과 땅 사이에 다리를 놓고
뜨거운 여름 햇살에 지쳐가는
나무와 꽃들의 작은 소원을 들어준다
무슨 소문을 들었는지
옆 산 넘어 비가 구름을 타고 오고
앞산에서도 뭉게구름 몰려온다
오늘 오후엔 가뭄에 애타는 땅에
허기진 배 채워 주려나
나뭇잎 사이에 가부좌로 앉은 청개구리
염불소리 들리더니 우두둑 소낙비가 쏟아지네
빗줄기가 약해 마음에 안 들었는지
데모하듯 시위하듯
또다시 일제히 들고 일어나
합창을 하니
청개구리 체면 생각해
또 한 줄기 쏟아내는데
물 고인 마당에
물방울이 물장구를 치며
송글송글 맺혀 종이배 떠나가듯
물줄기 따라 떠내려가네

2022. 6. 8.

인생은 자구책

아침 구름은 너무 뜸을 들이는 것 같다
비를 내려야 할지 말아야 할지 망설이고 있는데
초목들에게는 간절한 희망을 마음의 꿈으로 남겨둔다
마른 땅은 촉촉한 이슬 한 모금도 아쉬워하는데
내릴까 말까 한 비가 야속하네 능력 밖에 일이라
어쩔 수 없고 마음을 다스릴 수밖에 방법이 없다
티비 속에 인기드라마는 보고 싶어
내일이 기대되고 가는 시간이 아깝다
재미있는 느낌에 기분이 좋아지는데 내 인생도 연속극이고
내 마음대로 시나리오도 내가 쓰는 작가인데 왜
티비 연속극만큼 내 인생사가 재미가 없을까?
이유는 딱 하나 내 능력이 드라마 속 주인공처럼
큰 능력이 없어 능력이 행복에 필수 조건인가?
그런 것 같네
내가 행복해 질 수 있는 유일한 방법은
내가 내 인생의 작가이니까
내 능력 안에서 내가 감당할 수 있는
작은 행복의 일기를 쓰면 되는 거야
오늘도 나만의 행복해지는 방법을 터득하자
그래서 행복하자

2022. 6. 8.

시 창작

창작에 있어 형식과 규격은 없다
마음이 말하는 느낌 그대로
표현하면 된다
화려한 미사여구
절묘한 멋진 대구의 기교도
꼭 필요한 것이 아니다
살아가면서 그 순간 그 느낌 그대로
생활 속에 이야기를 쓴다
인간은 규격품이 아니기에
모두 다 똑같은 잣대로 평가 못 한다
서로 생각이 다르고
똑같은 사물을 보고
다른 느낌을 가지기 때문이다
작가는 쓰고 싶은 말 쓰고
표현하고 싶은 글 마음 속시원하게 표현하면 된다
느낌이 있는 생활 속의 시
어려운 글보다 누구나가
싶게 다가갈 수 있는 생활 속에 글을 쓰면 된다
같은 사물을 보고
다른 표현이 사람의 느낌이니까?

2022. 6. 8.

유월의 밤길

유월 한낮 길이가 얼마나 긴지
너 마음 내 마음 손잡고
서있는 곳보다 더 길더라
한 일이 많아 온종일
이쁜 처자 널 뛰듯
여기저기 일하다 보니
하루 해도 어느새 바닥나고
하루 종일 시간과
일 게임에 부대 끼고 나니
체력은 방전되고
의욕은 꺼져 가는 라디오 소리다
허기진 배 농주 한 사발로
막고 나니
뱃심이 생기고
뱃심은 개구리 알 낳듯
수많은 욕심을 만들고
때 이른 초승달 홀로 밤길 나서면
나도 얼른 옷 갈아입고
사랑 찾아 초승달 손잡고
고요한 밤길이나 누벼볼까?

2022. 6. 9.

노인이 할 생각

누에 꼬치 번데기 되려 하면
식음을 전폐하고
속을 비운다
속이 다 비워지고 나면
하얀 명주 실을 뽑아 집을 짓고
환골탈태를 한다
인생사 환갑이 넘어서면
삶의 모든 욕망 접어두고
복잡한 머릿속도 비우고
살아오면서 잘못된 습성도 고치고
다음에 올 세계를
생각해 보는 것도 좋을 듯싶네
그래도 욕심이 생기면
명상도 하고
마음을 가꾸어야 한다
언젠가는 가야 할 길에 들어서면
얼마나 준비 안 한 미래에 대해
많은 후회를 할까?
미리미리 준비하면
다음 수가 훨씬 수월하니까?

2022. 6. 10.

노인의 하소연

유월이라 땡볕 덥기도 하다
솔솔 피어나던 밤꽃 향기도 이제는 파전이다
수확하고 파종하고 일이 겹치다 보니 몸이 남아나지 않는구나
작년에는 이렇게 힘들지 않았던 것 같은데
체감의 느낌은 더 크게 느껴지는가 보다
점심때 반주 겸 농주 한 사발 했더니 아무 생각이 없네
나이를 먹으니 만만한 농주마저 한 잔에
알딸딸한 것이 나를 이기려 드네
나이 들고 힘 없고 돈 없는 것이 얼마나 힘이 들지 짐작이 가네
내가 이렇게 힘들다고 구시렁거리니까
창가로 다가온 참새 한 마리
그렇게 힘들어 우짜노? 내가 무얼 도와줄까?
나도 한집에 사는 식구 아닌가? 하네
아이고 참새야 고마워라
눈치 없는 마당 개는 주인이 일하고
오든지 말든지 힘이 들든지 말든지
자기 안 부르면 나는 모르새라고
배 깔고 누워 잔다고 위로 한마디 없네
에이구 정 없는 놈
나만 너를 짝사랑했나 보다

2022. 6. 11.

가는 세월

올해는 봄 가뭄이 심하다
겨울 작물 수확해 봐도 실속이 없다
물 없어 모내기 못 한다고 아우성 쳐도 시간 가니
바둑 돌 메우듯 어느덧 논빼미 다 채워지고
일찍 심은 밭둑에선 옥수수 목말라 죽는다고
사지를 꼬드니만 잠시 내린 소낙비 한 잔에
기운을 차리고 꽃을 피우네
염소 수염만큼 하얀 수염이 예쁘게 났구나
저 수염 누렇게 마르면 차돌 같이 여문
옥수수 알이 콩나물 시루에
콩나물 자라듯 옥수수 대 꽉 채우고
설 자리가 비좁다고 집 평수 늘려 달라고 비집고 나오겠지
간밤 달빛에 살구가 익어 고운 향기로
유혹하면 같이 먹고 싶은
사람이 있어 몇 알 따서
호주머니에 넣어 돌아오는
발걸음이 신이 난다
또 이렇게 유월도 반 고개를 넘어서면
올 한 해도 호박 넝쿨 담 넘어가듯
훌쩍 가겠네

2022. 6. 12.

살기 좋은 계절

시집간 벼 모판
이제는 자리를 잡았는지
기운이 솟아 파룻파룻한 것이
벼 같다
모내기한 논에서
서당을 열었는지
밤마다 달빛 아래서
별빛 아래서
개구리 글 읽는 소리가
청아하다
모심은 논에 물 편다고
밤길을 나서니
앞 개울 건너 마을에서
불어오는 바람이
상큼하다
덥지도 춥지도 않은
지금 시절이 사람 살기에
너무 좋구나

2022. 6. 13.

행운의 기대

아침 햇살은 구름을 타고
시간 여행을 즐기고
어제 모종한 호박은 뜻하지 않는
작은 행운의 시간을 누린다
아마도 속으로 내일 하루만
더 흐려 내 편이 되어준다면
살아가기가 훨씬 수월할 거라고 말한다
사람들도 마찬가지겠지
좀 더 좋은 기회가 주어진다면
살기 수월할 거라고
오늘은 우리도 좀 더 수월한 하루를
기대해 보자
나라고 그 흔한 행운 한 번쯤
손 안 잡아 주겠나?
즐거운 하루 건강한 하루
살다 보면 지나가던 행복이
살짝 내 곁에서 내 팔장을 끼고
같이 가자 할지
누가 아나

2022. 6. 14.

가는 세월

세월 어릴 때는 참 느리게 가더라
숫자의 무게가 더해 갈수록 가속도가 붙더라
나이 먹어 보니 알겠네
한 해 두 해 년 가는 것은 총알 같고
한 달 두 달 가는 세월은 비행기처럼 날아가고
하루 이틀 날 가는 것은 기차 달리듯 가네
삶의 세상에 여행 온 지도 벌써 육십 갑자 다 돌고
일침 가고 달침 다 지나가고
년 침마저 반 바퀴 다 돌아가네 이제 와 생각하니
난 무엇을 찾아 이 세상에 왔던고?
젊은 시절에는 부귀영화가 최고인 줄 알고
인생 전부를 걸고 살아왔는데
나이의 추가 세월의 추만큼
무거워질수록 인생은 이게 아닌데 하고 의문 부호가 생긴다
한숨 자고 난 새벽 하늘, 찬란하게 반짝이는 새벽 별은
인생길 정답이 무엇인지 알 것 같은데
이 별집 저 별집 문 두드리다 보니
벌써 새벽 닭 우는소리에
태양은 산 넘어 동녘 하늘을 가로질러
새벽 길 걸어오네

2022. 6. 14.

투병

세상 만사 잊고 잠들었을 때
꿈길 따라 같이 들어 온 통증이 나를 흔들어 살며시 깨운다
이제는 하루 이틀 이야기가 아니고
일상이 되어 버린 지금 아예 무시해 버린다
사탕 하나 더 달라고 조르는 어린아이처럼 참 끈질기기도 하지
조르는 성화에 못 이겨 사탕 하나 내어주듯
약 한 봉지 주사 한 방으로 어르고 달래 준다
나이가 들어가니 몸은 병으로 물들어 가고
흐르는 세월만큼 그 빛깔 짙어져 가니
진짜 아까운 물건 전부를 요구한다
나도 딱 하나밖에 없어 절대로 내어 줄 수 없는데
자꾸만 내어 놓으라고 떼를 쓰는데
이 물건 빼앗으려고 환장하고 달려들고
난 안 빼앗기려고 악착같이 막아본다
결국 지고 말 한 수 부족한
한판에 승부이지만
한 수 한 수 더 늘려 갈
묘수 찾기에
오늘도 아침이 밝아오네

2022. 6. 14.

배우는 기다림

번호표를 뽑아 들고 순번을 기다린다
명의라고 소문이 났는지 아픈 사람들이 많은지
한참을 기다려야 한다 자리 잡고 앉아 대기 중인
환자들의 얼굴 표정을 관찰해 본다
기다리는 시간이 지겨워 두 눈을 감고
자는 것인지 명상을 즐기는 것인지 몰라도 천태만상이다
두리번 두리번 눈길을 돌리는 사람들마다 표정이
각양각색이구나 정형외과라 모두 다 먹고산다고
얼마나 허덕거리면서 살았는지
팔다리가 아파서 이렇게 많이 왔을꼬?
나만 고달프고 힘든 인생이 아닌가 보네
나이 들어 보니 너도 아프고 나도 아프고 세월도 아픈가 보다
기다림이 지겨워 촌닭 장에 나와 눈알 굴리듯
나도 이 사람 저 사람 관찰을 하고
다른 사람들도 관찰을 한다
모두 다 사연은 가지가지겠지만 아픈 것 하나는 공통분모
시간아 빨리 가라고 해 보지만 기다리는 시간은
쇠 닳듯 천천히 가네 언제 내 차례는 오나 아직도 멀었네
애써 참는다고 속이 부글부글거린다
오늘은 기다림을 배우는 시간인가 보다

2022. 6. 14.

건강검진

해마다 하는 건강검진 오늘 하러 간다
해마다 하는 검사지만 기대 찬 설렘보다
어설픈 생각이 든다
젊을 때는 태산이 무너져도 태풍이 불어와도
당당히 맞서 이길 자신이 있었는데
나이가 들어가면 갈수록 자신감은 줄어가고
현상유지에 피로감이 몰려들어 회의감이 생긴다
결국에는 어느 날 문득 준비도 없는데
부는 바람이 될지 내리는 비에 될지
꽃잎은 지고 내 삶에 뿌리는 뽑히고
다음 세상으로 가고 싶지 않아도
내 의지와 상관없이 떠내려가고 말 일인데
세월에 안 떠밀려 가려 하니 작년보다 올해가 힘들고
내년에는 더 힘들겠지 억지로 버티는데
바람이 부는 날이 많아지고 비 오는 날이 더 많아지면
마음에 흔들림은 더해가고
가슴 한 모퉁이로부터 쌓았던 담장이 무너져온다
자주 아픈 날 아픈 곳이 많아지니
의지는 꺾이고 반석보다
더 단단한 마음도 흔들린다

2022. 6. 15.

모두 다 행복했으면 좋겠다

구멍가게 평상에서
한 중년 남자가 소주에 멸치 안주로
대낮부터 술을 마시고 있다
긴 한숨에 짙은 담배연기가
사방을 휘날린다
마음이 복잡한가 보다 내가 능력이 있다면
그 딱한 고민 해결해 줄 수 있으련만
마음만 안타깝네
어깨가 아파 병원으로 가니
휠체어 탄 노인네가 고목 같이 마른 몸으로
초점 없는 눈으로 세상을 보고 있다
무슨 생각을 하고 있을까?
한 사람은 목숨이 위협받고
또 한 사람은 삶의 절망감으로 흐느끼고 있다
나는 그 중간에 서 있는 것 같네
삶이 무엇인지
생이 무엇인지
목숨보다 중요한 것이
무엇인지 많은 생각을 가지게 하는
하루로구나

2022. 6. 15.

짝사랑

머릿속에 맴도는 생각이 있다
부질없는 헛 궁리다 싶어 생각도 접어본다
턱을 괴고 골똘히 생각해 봐도
내 마음 채워 줄 방법도 수단도 없네
내가 가진 모든 재주 다 펼쳐봐도
그대는 관심 하나도 없다
그래서 짝사랑이란 말이 나왔나 보다
그대가 나에게 미치지 않고는 이루어질 수 없는
어처구니없는 일이기에 그대에게 고백하지 않고
하루에도 몇 번씩 마음의 꽃을
피웠다 지웠다 그런다
바램 없는 짝사랑, 이것이야말로 참 사랑이구나
나 혼자 짓는 삼 층 집
오늘 밤도 열심히 지어보자
너를 향한 내 마음이 지쳐 쓰러질 때까지 하면
소금물에 절인 배추처럼 짝사랑하는
그 마음 사그라들겠지
오늘 밤도 나 혼자 하는 연극에
사랑은 달달한 아이스크림
녹아 없어지듯 사라지겠지만

2022. 6. 16.

고독이 나를 괴롭힐 때

가만히 앉아있다
어둠은 빈 잔에 술 따르듯
시간을 채우고
나는 머릿속에 꽉 찬 생각거리를
하나 하나씩 천천히 끄집어 내어
큰 숨 쉬는 날 숨 건반 위에 올려본다
본래부터 인연 줄이 질긴지
아무리 내다 버려도
동냥 온 거지 같이
착 달라붙구나
너 헛다리 짚어서
난 해결할 능력도 없는데
고민아!
너 참 우습구나
무정란으로 밤낮으로
품어봐라
병아리
알 까 나오나?

2022. 6. 16.

유월의 풍경

유월의 태양은 나의 길동무
너는 하늘에 길을 가고
나는 땅 위에 길을 간다
너를 서산마루 산 넘어까지 배웅하고
나도 들판을 가로질러 집으로 온다
늦은 저녁을 먹고 침대에 누워보니
몸통 전국이 아프다고
저마다 마파발을 보내는구나
초등학교 여자 소꿉친구가 전화가 왔네
내 이름을 부르는데 낯설다
몸은 흐르는 세월을 기억하는데
마음은 지나온 날들 중
기억하고 싶은 일만 기억하는 것 같네
우락부락한 오유월 햇빛 압박에
그 힘든 속 다 삭혀 달구어진 장독대 간장 된장이
깊은 맛을 낸다
창을 열고 별빛 달빛을 바라보니
마음에 남아 있는
추억에 그림자가
안부를 묻네

2022. 6. 20.

죽 음

하루 가니 하루만큼 살아온 길
멀어진다
하루 가니 하루 길이 만큼
삶의 종착역은 가까워진다
앞만 보고 달려왔는데
반환점 돌고 나면
돌아가야 한다는데
돌아갈 길 잊어버려
무엇을 챙겨야 할지 난감하네
있는 것 확실한데
안갯속이라 보이지는 않지만
정해진 거리가 있기에
조금만 움직임이 달라도 불안한데
갑자기 산 넘어 내일이라도
그 날이 오면 얼마나 황당할까?
알고도 준비 못 한 일 일 당하고 나면
후회할 일 뻔한 일인데
믿음이 있는데
왜 애써 모른 체할까?
오늘은 그 날을 알아 보겠다고
인내심 다 동원해

마음 한 조각 생각 한 조각까지
분해해 조립해 봤지만
맞는지 안 맞는지 검증해 줄이 없어
오늘도 허지 부지 전을 접네
그 날이 두려워 당할 때까지
아무 말 못 하고 숙명이라 생각하고
마음을 접는다

2022. 6. 18.

이박 삼일 여행

일상을 떠난 여행길
반복된 삶이 무게가 느껴질 때
시간이 지루해
삶이 밋밋해졌다 싶을 때
낯선 곳에서 낯선 풍경을 여행하면
흙탕물 웅덩이에
새 물이 들어오듯
몸과 마음이 맑아진다
가족끼리 가는 여행이지만
마음속에 그리는 그림은 다를 거야
그 느낌은 이쁜 빛깔로 무지개를 그리겠지
이박 삼일의 여행
인생에 있어 깨알같이 작은 부분일지 몰라도
가슴에 새겨진 그림은 평생 갈지도 몰라
일상에서 벗어 난 특별한 날이
인생길에 주막이 되어
삶의 쉼터가 되어 주겠지
오늘 즐기는 하루가 먼 훗날
인생의 창에서 반짝이는 또 하나의 별이 될지도
모르겠네

2022. 6. 18.

농부의 변명

유월의 땡빛은 면도날같이 날카롭다
일한다고 숨이 찬지 더워서 숨이 찬지
모르겠지만
연신 땀방울이 논물에 간을 한다
논 한가운데서 심다 빠진 곳
모 죽은 자리 찾아 메꾸어준다
공 들인 만큼 풍년이 들겠지
발 빠지는 굼논에서 모 심기를 한다
발을 옮길 때마다 무릎까지 푹 빠진다
다섯 마지기 모 손질하고 나니 기진맥진이다
쉴 참 겸 휴식으로 숲 그늘에 앉아
잘 익은 수박 한 조각 베어 무니
그 단맛에 비로소 베시시 웃음이 난다
고된 농사일 잊고자 농주 한 사발 하고 나면
배도 든든하고 머리도 아무 생각이 없다
일군은 뱃심과 농주 한 사발이 있어야
하루 해 보내기가 수월하다
즐거운 노동은 없고
일의 품삯은 고달픔을 주기에
오늘도 농주 한 잔으로 셈셈이 한다

2022. 6. 18.

황 강

덕유산 줄기 발 아래 작은 샘에서 솟아나
수승대 큰 너륵바위를 씻어 넘고 좁은 돌자갈 길 기어서 넘고
솔 향기 그늘 드리운 정각 밑에서 낭랑하게 글 읽는
선비 목소리는 꾀꼬리도 한 수 배워가고
풀섶에서 풀벌레의 사랑가에 귀도 열리고 해 질 녘에
소 먹이고 돌아가는 아이들에 웃음소리 소 방울소리
계곡에 흐르는 물소리가 세상을 잊게 한다
바람이 전해 준 소문 이야기에 팔랑귀 나뭇잎 하나가
강을 타고 내려와 석양에 노을 진 황매산을 강물 위에
수채화를 그리고 산길 벗어 난 황강물이 들길을 나서면
하늘에 별들이 반짝이듯 너른 강변에 하이얀 모래알이
끝없이 반짝이네
눈앞에 천길 낭떠러지 월암산 삼형제 절벽이 막아서면
그 위세에 수그리고 살짝 돌아서 흐른다
강 건너 마을에 사는 사람 잘 먹고 살아라고 들판 길 따라
한 바퀴 휘돌아 나오면 강촌 마을에 풍년이 들고
강버들이 바람에 춤추며 노래하는 숲을 지나
은어 떼 피라미 떼 불러올리면 무슨 일인가?
하고 잉어, 메기, 송사리도 따라나서고 처녀 뱃사공이
노를 젓는 낙동강 품에 안겨 바다로 가는 황강 물 이야기

2022. 6. 20.

나리꽃

참새들 옹알거리는 소리
지나가는 차 소리
숲에서 들리는 뻐꾸기 소리
모두 다 살아간다고 열심히 일하네
내 머릿속은 알 굴리듯
만 가지 생각이 굴러다닌다
어떤 생각이 깨어나
하루 이야기를 쓸까?
전봇대 줄에 앉아 망을 본다
산 비둘기 콩 먹고 싶은 생각이 간절한가 보다
한 잎 한 잎 하늘로 향해
예쁜 잎이 사다리를 놓더니
장마가 오기 전에 나리꽃이
조금씩 조금씩 눈치를 보더니
오늘 아침에 활짝 피었네
얼마나 반가웠으면
하루 일해 번 햇살가루를
얼마나 많이 뿌려 줬으면
나리꽃 발등이 주황빛 햇살가루로
반짝이나?

2022. 6. 20.

깨달음

인생이란 무엇이냐?
지나가는 바람이란다
그래서 한곳에서
같은 모습으로 서 있지 않는다
삶은 무엇이냐? 그것은 땅이다
농부가 콩을 심으면 콩이 나고
팥을 심으면 팥이 난다
그래서 우리가 생각한 대로
삶의 이야기가 흘러간다
농부의 노력에 따라
콩이 잘 되고 못 되고는 있어도
무슨 수를 써 봐도
콩이 팥이 안 된다
깨달음이 무엇인가?
일즉다 다즉일이다
모든 것은 하나로 통하고
하나는 모든 것으로 분리되기에
결국은 너와 나는 하나다
하늘에 해와 달이 있고
생긴 모습 하는 역할은 너무나 다르다
우주 전체를 놓고 볼 때

태양계는 한 식구다
그러니 누구를 미워하고
괴롭히겠는가?
팔이 아프다고 다리는 아무 상관이 없는가?
내 몸 아파 아무 일 못 하는데
생긴 것은 달라도 한 몸이지 않은가?
인간의 마지막 단계는
수많은 욕심에 꽃이 피었다 지고 나면
신과 합일이라는 열매를 맺는다
신과 합일이 되기 전까지
욕심 하나씩 버려가면
결국에는 욕망은 없어지고
순수한 마음만 남는다
인간의 영혼은 비로소 신과 합일이 되어
윤회의 순간이 멈추어지고
강물이 바닷물과 합해져
영원히 변하지 않는
한 덩어리가 되는 것이다
인생 이야기의 끝은 그기다

2022. 6. 23.

여름 비

온종일 뜸을 들이더라
올 듯 말 듯 한 여름 비는
더위에 지친 이 목말라 애타게 찾는데
누가 볼까 봐
소문이 날까 봐
깜깜한 늦은 밤부터
번개의 사랑 놀이가 시작된다
요란한 천둥소리
번쩍이는 번개 불 사랑이
세상을 들었다 놓았다
만백성을 깨우네
얼른 날이 새면 들로 나아가
생동하는 삶의 한 축이 되어
콩도 심고 팥도 심는 농부가 되어
세상을 이쁘게 꾸며야 하겠다

2022. 6. 24.

그대에게 보내는 편지

아침 햇살은 구름을 타고
신이 나 좌우로 몸을 흔들면
출렁이는 바람결에 햇살 가루가
우르륵 쏟아지고
구름을 잡아 타겠다고
하늘을 기어오르던 능소화는
하나, 둘 꽃을 피워
구름을 유혹하고
꽃 그늘 아래 세 들어 사는
참새네 가족들
아침부터 옥신각신 웅성거리네
아기 참새들 형제들이
여름이라고 해수욕장 가자고
떼를 쓴다
오늘도 더울 듯싶네
이런 날
참 기운 없더라
많이 먹어 기운 보충해
몸이 행복해야
마음도 행복하단다

2022. 6. 25.

난(천옥보)

난 키우는 옆집 동생이
향기가 좋다며
난 화분을 하나 준다
하얀 뿌리가 이끼 덩어리를
다부지게 움켜잡고
도도하게 서 있다
작은 잎새에서 당당함이
묻어 나오고
바늘같이 가늘고 긴 꽃에서
밤이면 우렁 각시같이
향기가 품어 나온다
사랑하는 여인의 향수 같은
그런 느낌으로 다가서면
심장은 뛰고
마음은 설렘으로
너의 꽃 향기가
폐 속 끝까지 들어가면
너의 향기가 그리워
너에게로
전화를 한다

2022. 6. 25.

하루 일

백합꽃 향기가
아침을 메운다
동네방네 벌, 나비
소문 듣고 달려와
문지방이 다 닳겠네
흐린 날씨라 구름은 우물쭈물
결정을 못 내리고
나무 위 비둘기도
마음에 결정이 안 섰는지
콩 밭으로 갈까?
채소 밭으로 갈까?
고심 중이고
왜가리는 먹고 살겠다고
논 바닥에서 열심히 미꾸라지를
탐문 수사 중이네
나도 오늘 해야 할 일 중에
가장 먼저 해야 할 일을 찾아
일 년 삼백육십오일 중에
멋진 오늘의 그림 퍼즐을
맞추어 넣어야겠다

2022. 6. 28.

가는 세월

어깨수술을 했다
몇 달을 지나도 잊을 만하면
통증이 존재의 이유를 밝힌다
동네방네 팔 아프다고 소문이 퍼졌는지
봉침이 좋다고 해서 반신반의하면서
양 어깨에 맞고 보니 손이 간지럽고
온몸에 알러지 반응이 온다
환갑 전에는 없던 벌독 알러지가 오늘 생겼네
약을 사 먹고서야 비로소 멈춘다
가는 세월 참 무섭다
칼로 살만 안 베어갔다만 강도고 사기꾼이다
야금야금 소리 소문 없이
몸 기운 다 빼앗아가는구나
나는 그 달콤한 꼬드김에 빠져
나이를 먹고 너를 좋아라 했는데
내가 가졌던 소중한 것들이
하나씩 둘씩 잃어가는
지금 현실이 마음 아프네
너도 좋고 나도 좋은 방법
오늘 밤 같이 연구 한 번 해 보자

2022. 6. 26.

비 때문에

여름날 새벽부터 어둠에 녹아 비가 온다
창문을 열어보니 옆집 화단에 백합꽃이
예쁘게 하늘로 향해 활짝 피어 있네
빗물에 젖어
웃는 것인지 우는 것인지 몰라도 떨어지는 빗방울에
고개를 들었다 내렸다를 반복하네
꽃잎에 떨어지는 빗방울은 매정하기 그지 없네
벌 나비 안 찾아와 속상해 죽겠는데
소낙비의 거친 발길질이 꽃잎마저 찢어 놓는구나
처마 밑 제비네 가족들 아침부터 소란스럽다
아침밥 안 준다고 새끼들은 어미, 애비 속도 모르고
할 말 안 할 말 다하고
엄마 아빠는 비 때문에 사냥 못 한다고
새끼들 설득 시키느라 속 다 태우네
나 역시 해야 할 일이 있는데
비 때문에 할 일을 할 수 없기에
고장 난 벽시계처럼 멍하니
하루를 보내려 하니
무얼 할까? 싶어
고민이 많네

2022. 6. 27.

명 상

구름 속에 숨은 태양의 진심은 무엇일까?
산속에 올라와
울창한 나뭇잎 밑에서
세상 속세 이야기 다 접어두고
산속에 이야기를 듣는다
여러 종류의 새가 자기들만의 언어로
대화를 나누고
풀벌레의 꼬리 긴 화음은
무슨 뜻일까?
아마도 오늘 저녁에 데이트 약속이겠지
바람결에 나뭇잎이 바스락거리며 소곤거린다
아마도 이 동네에
좋은 일이 있나 보다
산속에 홀로 앉아 세상 일
다 버리고 조용히 두 눈 감고
명상을 하니
세상에 내 것은 하나도 없으니
근심 걱정 욕심도 하나도 없다
이렇게 쉽게 사는
인생 법도 있었네

2022. 6. 28.

불면증

노인의 밤은 여름도 길고 겨울에도 길다
잠시 새우잠 한숨 자고 나면 잠이 안 온다
마음이 잠을 찾아
숨바꼭질 해 봐도
잠은 꽁무니도 어디 있는지 모른다
이름을 불러봐도 타령을 해 봐도
경건한 몸과 마음이
정성을 다해 기도해 봐도
하는 일 모두가 허사라네
누워 있어도 두 눈 감고 있어도
비몽사몽이다
공부하던 시절에는
어찌나 잠이 잘 오든지
그 시절이랑 지금이란
바꾸었으면 얼마나 좋을까?
하늘에 조물주가
요단강 건너가기 전에
이 세상 많이 보고
배우라는 축복인지도
모를 일이네

2022. 6. 29.

일엽초

황강물에 하얀 모래알은
수만 년의 공덕을 쌓고
수행을 거듭해
군더기 껍데기를
흐르는 강물에
다 씻어 내고
바위의 속마음
하얀 모래알만
햇빛에 널어 말리고
연호사에서 새벽 예불 종소리가
황강의 아침 물안개를
모락모락 피어 올리면
성질이 급한 자는
하늘의 구름이 되어
윤회의 길을 걷고
성질이 느긋한 자는
바위에 붙어 천년을 수행 중인
푸른 이끼에 눌러앉아
한 몸이 된다
구름 따라 바람 따라
정처 없이 떠돌던

일엽초 씨앗 하나
인연 따라서 이끼 숲에
살포시 내려앉아 동거동락에
좋은 인연을 맺어 협동단결 해
사계절의 변화무상한 날씨에도
서로를 탓하지 않고
덕분에 잘 살고 있다고
서로 잘 다독거리며
살아온 영겁의 세월
이끼와 일엽초의 삶은 시작되고
둘 아닌 한 몸이 되어
모진 가뭄 끝에 비가 목탁을 치듯
바위를 치면 그 소리에 깨달음은
큰 울림으로 전해져 가면
이끼 하나 일엽초 하나가
오도송을 읊으며 성불했는지
생의 푸른 기운이
기쁨으로 넘쳐
월암산 절벽 삼형제를
법문한다

2022. 6. 29.

코로나19의 추억

유월의 햇살 아래
잘 익은 복숭아는
은은한 향기에
단물을 품은 속살을
한 입만 베어 물어도
단물이 번져가는 소리가
행복감으로 흘러내린다
코로나19 세월
이 년을 지나고 보니
세상살이 재미는 줄고
살아갈 생업은 힘들어 가더라
모두 다 이 어려운 비상시국
이겨보겠다고
남녀노소 할 것 없이
마스크 맨, 마스크 우먼으로
살아온 세월
모두 다 잘 참아 준 덕분에
코로나 19는
겨우 명줄만 이어갈 뿐
세상 뒤비는 일은 없었다
국민과 정부의 약속은

백신으로 지켜지고
가족들이 모여 앉아
올여름에는 복숭아 단맛을
즐겨도 좋을 만큼 되었네
인간들 마음속에 잘될 일 하나쯤은
가슴에 품고 산다
희망은 성공보다 더 멋진 말
오늘보다 내일이 더 잘 될 거라는
희망 하나를
 사람들 가슴속에 심어두고
난 키우듯 욕심 없이
세상에 순응하고 살면
언젠가는 내가 원하는 그 날이
내일 문앞에 찾아
올지도 모르지만
모두 다 힘을 내어 보자
얍! 하고 기압을 넣어 보자

2022. 6. 29.

두려운 이별

소주잔에 씻어 보는 너의 생각
한 잔 두 잔 더할수록 몸에는 취기가 오르고
내 머릿속은 너 생각이 달아오른다
이대로 끝까지 가면
자꾸 달아오르던
너에 대한 생각은
끓어 넘쳐 거품이 되어
사라지겠지만
긴 한숨 한 번으로 돌아서 오는
발걸음이 무겁다
어제는 한 잔의 술로
잊었다 했는데
머릿속은 아직은 아니라고 하네
마음은 홍수 만난 마을이 되어
이것 저것 복구해 정상이 되려면
걸어갔던 길 만큼
되돌아올 시간이 필요하겠지
그것은 오롯이
내 혼자 가는 길이기에
겁나고 두렵다

2022. 6. 29.

이별연습

논리적으로 아니라고
아무리 부정을 해도 심장이 뛰고
가슴에 끓어 오르는 숨참은
무엇인가?
그것은 아직도
인연이 남아 있다는 이야기
이번 일로 인연 줄
몇 가닥 떨어지고
한두 가닥 남은 줄은
한 번 더 신뢰 줄 끊어지면
너는 인생추억에 거름이 되어
너는 잊혀진 사람이 된다

2022. 7. 1.

명품

천하 명마는 하루에

천 리 길을 달려 천리마라 하고

천리안은 천 리 밖을 본다고 해서 천리안이라 한다

명성을 얻고 꽃 향기가 좋아

그 부드러운 향기가

천 리까지 미친다고 해서

천리향이라고 이름을 얻는다

군대에도 수많은 장군이 있다

언행일치 신의와 배려가 있어야

명장이 되어 병졸이 목숨을 걸고

아녀자는 의리와 지조가 있어야

열녀라 하여 나라에서 열녀문을 내리고

가문에 영광이라 한다

의로운 행동은 믿음을 낳고 믿음은 신뢰가 되어

한평생을 의지해 더불어 산다

세상 사람 모두 다 명품을 좋아한다

세상에 흔하지 않기에 귀한 대접을 받는다

명품은 힘들고 어렵다 그래서 아무것이나 명품이 못 된다

그래서 명품을 값어치가 있고 모두 다 인정해 준다

나도 싸구려보다 품격 있는 명품이 좋아라

2022. 7. 1.

인과응보

매일 그때쯤 전화를 한다
전화기는 꺼져 있네
묵묵부답도 화가 나는데
내일은 어떤 변명을 설명해 올까?
하나도 안 믿고 의심하고 있는데
너 말대로 믿어줄까?
말 따로 마음 따로인데
너는 눈에 보이지 않는다고
너 마음도 내 마음도 속이고 있겠지만
사람은 영성이 있어 육감이 있단다
너 생각 내 생각이 따로인 것을
왜 모를까?
너의 행동에 내 마음은 오늘도 담 하나 더 쌓아간다
길흉화복도 인과응보도 모든 일은 순리대로 돌아가고
콩 심은 데 콩 나고
팥 심은 데 팥 난다
기쁨이냐 후회냐는
내 행동에 달렸구나
그래서 인생은
인과응보로구나

2022. 7. 1.

인연을 기다리며

거리에 서서
사람을 기다린다
수많은 인연들이
왔다 갔다 하지만
오늘도 헛방이다
혹시나 하는 마음
아닌 것 같네
마음에 기대감은
빵 부풀어 오르듯
가득한데
역시 꿈은 꾸어도 꿈이고
깨어나도 꿈이로구나
그래도 욕심의 꿈은
희망이 있어
아름답다

2022. 7. 1.

소낙비

칠월의 땡빛은
대지를 후라이팬 달구듯
뜨겁게 달구고
점심을 먹고 나니
산 넘어 구름이
꽃봉오리 피어나듯
솜사탕이 만들어지듯
도깨비 요술방망이 두드리듯
금방 생겨나고
엄마 기다리다 지쳐
눈물 쏟아내는 어린아이처럼
불쑥 한줄기 소낙비 쏟아지면
나뭇잎에서 이슬을 먹으며
밤낮 수행을 거듭하던
개구리 오도송에 소낙비 소리가
산천이 울리는구나

2022. 7. 4.

인생 길

시간이 정해 준 길 따라
오늘도 길 나선다
아무도 가르쳐 주지 않는
비밀의 길이라 낯설다
가고 또 오르면 못 넘을 고개 없다지만
인생 고개 멀고도 험난한 길
농우소 자갈밭 갈 듯
힘들어도 버거워도
가다 보면 한고비 넘어서면 수월한 길 나오려나
풍랑에 조각배 흔들거려도
삶과 죽음의 헛다리를
잘 골라 한 갑자를 완주하고
두 바퀴를 시작했기에 경험이 있어 두렵지 않다
소낙비에도 굴하지 않고
묵묵히 가던 길 가는
선비의 도도한 의지대로
세파에 흔들리지 않고
내 가던 길 오늘도 간다
가는 길이 시시해 두 바퀴 다 돌고
싶지 않는 그 날까지 열심히 한 번 가보려고

2022. 7. 4.

삶의 무게

밤이슬은
꽃잎에서 풀잎에서 연을 맺어
하룻밤에 만리장성을 쌓고
시집가는 새색시 발걸음같이 아쉬운 길을
햇살이 놓아 준 다리를 건너 하늘로 돌아가고
우산만큼 큰 잎을 들고 님 마중 가듯 호박덩굴은
모르는 척 은근슬쩍 이웃 담장을 기분 좋게 넘는다
비 온다는 일기예보는 비가 내일 온다 모레 온다
날짜만 잡을 뿐
시들시들한 꽃나무는 전쟁터 나아 간
서방님 소식 기다리듯 기약 없는 기다림에
피 말리는 희망고문에 지쳐 기운이 없구나
실업자가 되었는지 갈 곳이 없는지
은행나무 가지에
참새 몇 마리 오락놀이에 바쁘고
산비둘기는 실업급여 수당을
신청하러 가는지 바쁘게 날아가네
사람이나 짐승이나
세상살이 힘들기는
마찬가지인가 봐

2022. 7. 4.

사랑의 알림

그것은 환상이었다
그것은 꿈이었다
잠자고 있던 휴화산이
활화산으로 바뀌는 짜릿함이었어…
가슴에서 마음으로 이어지는
다리에서 전해지는 작은 울림에
심장의 쿵쾅거림은 태산의 움직임이었고
사랑의 촛불을 켜는 신호였다
너가 나를 안아
내게 전달한 너의 마음에
씨앗은 이런 느낌이었어
밋밋한 바위산에
화초 한 포기 옮겨 심어 놓음이었어
이 화초의 생과 사는 구름과 이슬에 달렸고
그 구름의 뜻은 무엇인지
너는 알고 있겠지
비와 화초가 그려가는
그림일기를
매일 보고 싶고
듣고 싶구나

2022. 7. 5.

욕 심

시곗바늘은 내 마음이
바쁘든지 말든지
약속한 대로 간다
밤은 어둠 끝에 깊어가고
생각은 그녀의 말 속에서 깊어간다
백지에 그리는 그림이
인생이라고 말하지만
그 속에 너무나 그리고 싶은
그림이 많아
늘상 비좁기만 한 그림일기
세상에 욕심보다
더 큰 도화지는 없나 보다
오늘도 줄이고
덜 그리다 보니
화가 난다
언제쯤이면 빈 여백에
점 하나만 그리고
살 날이 올까?
그날이 내일이라도
왔으면 좋겠네

2022. 7. 6.

그녀의 마음

안개 속에서 본 그림이
닭인지 봉황인지 구별이 안 되더라
지금이 기회라고 마음이 말을 하는데
기다리고 있는 사랑이
잘 익었는지
설 익었는지
그 마음 알 수 없어
망설여지고 저 뜬 구름 속에
비가 들어 있는지 없는지는
시간이 말해주겠지
그 시간 기다리는 마음은 지루하기만 하고
날씨만큼 변화무상한 것이 여자 마음
그녀의 마음속 깊이는 얼마나 되려나?
궁금하네
잊었다 했는데 마음에도 없다 했는데
지나간 청춘에 이야기라고 무시했는데…
오늘 밤에는 무지개를 타고
올라 볼까? 그 꿈이 개 꿈이 될는지
용 꿈이 될는지
꿈 깨어 보면 알겠지

2022. 7. 6.

꿈과 현실의 차이

간밤에 꿈길을 헤맨다고 무척 힘들었다
우리가 바라는 일, 원하는 일을 말할 때
꿈 같은 일이라고 말한다
진짜 꿈속에는 안 되는 일
애달픈 일뿐이다
멋진 여자를 만나 데이트 하는 꿈 절대로 안 꿔
재벌이 되어 돈 펑펑 쓰는 꿈 못 꿔
권력 잡고 세상 휘두르는 꿈
육십 년 넘게 매일 밤 꿈꾸고 살아봐도 한 번도 못 꿔 봤네
일 못 해 허덕이고 물건 잃어버리고 실수해 가슴 두근거리고
늦게 지각하고 도망가는 꿈
꿈속에서 달리기는 왜 이래 안 될까?
서울대 가는 것보다 더 어렵다
아이고야… 차라리 꿈속보다 날씨가 무더워도
일이 힘들어도 현재가 훨씬 낫다
불만 있으면 욕해도 되고 짜증 부리고 화내어도 되고
내 살아 보니 눈 감은 꿈길보다 힘들어도
눈 뜬 현실이 훨씬 좋더라
오늘도 우리가 누릴 수 있는 행복 티끌같이 작아도
다 찾아 재미있게 살도록 노력해 보자

2022. 7. 7.

영지버섯

노오란 병아리 옷을 입고
세상 구경 나섰던 네가
햇빛의 따사함에 노래를 하고
달빛 이슬에 사랑을 배우고
여름 장마의 지루함도 견뎌내고
칠월 팔월이 지나니 철없던 네가
시근이 들어 붉은 일편단심으로
몸을 물들이고
명산에 좋은 기운 꽉꽉 채운
불로장생 영지 약으로
세상에 출사표를 던지네
가을바람 귀뚜라미 노랫소리에도
흔들리지 않고 숲을 지키는
네 모습에 벌써 심장 뛰는 소리가
산울림을 낳는다
진시 황제의 오매불망 그 사랑이
오늘부터 내가 그 사랑가 노래를
대신 불러볼까 하네

2022. 7. 7.

칠월의 아침

칠월 하고도 중순
장마철이다
세상이 변하니 기후도 변해
비가 안 온다
비 맛 못 본 땅은
인절미 콩고물 같이 물기 하나 없고
메말라 있다
옥수수 알곡이 빼곡히
영글어 가는 옥수수 통은
가득 차 있는지 궁금하고
잎은 한낮 더위에 새끼 줄을 꼰다
땡빛에 익어가는
모래알의 몸 뒤척임에
버드나무에 붙은 매미는
나 죽는다고 고함을 지르고
바쁜지 119 출동도 없다
아무도 없는 들녘에 왜가리만
논둑을 어슬렁거리고 더운지
날개로 부채질을 한다

2022. 7. 11.

직장 생활에 힘들어 하는 딸에게 쓰는 편지

오늘 밤에 꿈을 꾸었지
우체국 배달하던 시절인데
꿈속에서 지리도 몰라 번지수도 몰라
편지 등기 소포를 배달해야 하는데
겨우 물어물어 배달을 끝냈는데
등기 소포는 그냥 통에 남아 있고
단말기 기계 사용법을 몰라 허덕이는데
다른 사람들은 일 다 끝내고
나만 그대로 남은 이 막막한 심정
이 마음이 현재 너희들의 마음이겠지 이해한다
아마도 지금 현재 이 막막함이
마음속에 가득할 거야
플랜 에이가 무너지면 플랜 비를 하고
눈뜨고 살아 있는 현재는
꿈속보다 더 할 수 있는
일이 많아 좋더라
최선을 다해도 안 되면
플랜 비 또 플랜 비도 아니면 씨로
갈아타면 되지
안 되면 마지막 한 수는
보따리 싸서 농사 지으러 와

돈은 많이 못 벌어도
밥은 평생 먹고 살 수 있어
걱정 마라 오늘도 밥 많이 먹어라
그래야 힘이 난다
육체가 힘이 있어야
잘 살아갈 수 있어

2022. 7. 7.

무더위

비가 오나 싶더니
새벽 하늘에 몰려든 구름은 입안에 사탕 녹듯
어느새 온다 간다 소리 소문 없이
흔적도 없이 사라지고 햇살은 동냥 온 거지 모양
대문이 반쯤 열린 틈으로 들어와
안부를 묻고 나무 그늘 매미는 굿판 벌인 무당 모양
신이 난 목청을 길게 뽑아 들고
노래 한 자락 늘어놓는다
오늘 날씨는 말 안 해도 알 것 같네
이제나 저제나 비 소식 기다려도 함흥차사이고
민심을 아는지 모르는지
한낮 소나기 암행의사 출두도 없다
계절이 바뀌나 하고 마실 나간 남풍 소식
기다려 보지만 소식도 없는 것 보니
더위는 한참 더 놀다 갈 모양이네
연신 부채질을 해 보지만
등은 소낙비 만난 산골짜기처럼
땀이 물꼬를 만들고 등줄기 따라 내를 이루니
온몸이 홀딱 젖어 드네
참! 올여름 날씨 한번 덥네, 덥다

2022. 7. 8.

비 오는 날 바램

열일 하던 태양은 바다로 여름 휴가를 떠나고
빈자리 없이 꽉 채운 비는 줄을 서서 내리네
가뭄으로 목말라 하던 땅은 냉수를 들이키고
긴 갈증을 푼다
푸른 댓잎은 단비에 취해 빗방울 장단에 춤을 추면
대나무 꼭대기에 앉은 학이 이제나저제나
신선이 부를까 봐 몸 단장에 신이 났네
두꺼비는 엉금엉금 제 세상인 양
마당을 돌고 또 돌아본다
창을 열고 소리 없이 내리는 비를 바라보니
나도 우산도 없이
여름 꽃이 비 마중을 하고 서 있는
저 꽃길 따라 걸어가면
저 길 끝에서 나처럼 우산도 없이
무작정 비를 맞으며
걸어올 여인이라도
만날 것 같은 마음
이 빗물에 녹아 외로운 고독이
내 마음속으로
촉촉이 젖어 오네

2022. 7. 11.

산 비둘기의 고민

능소화 꽃잎에 쉬었다 떨어지는 빗방울은
헤어짐에 발걸음을 떼기가 싫은지
낙숫물 끝에 매달린 고드름 녹아내리듯
더디게 떨어지고
시간이 지겨운 마음은
온다고 약속한 일 기다리는 총각 모양
연신 창문을 열었다 닫았다를 반복하고
대나무 밭 죽순은 기세 좋게
용이 하늘로 승천하듯 훌쩍 큰 키를
동네방네 자랑질이 한창이네
비를 맞으며 나무 끝에 앉아 있는
바람둥이 산 비둘기는
오늘은 영자, 미자, 숙자
누굴 만나 음주 가무를 즐기며 놀까? 비도 오는데
차라리 마누라 손잡고 함께
전이라 한 장 붙여 놓고
너 한 잔 나 한 잔 하며
세상 돌아가는
내력이라도 알아볼까?
고민 중인가 봐

2022. 7. 11.

장마와 산속

얼마나 흘렀을까?
언제쯤 장마가 끝날까?
습기 짙은 숲속에서
땅속에서 오랜 세월을
명상으로 보낸 버섯이
연꽃 위에 가부좌로
세상을 즐기는 부처모양
각양각색으로 재주를 펼치고
이슬에 맺힌 풀잎에서
먹고 살겠다고
이제나저제나 기다리던 진더기가
나그네 인적소리에
착 달라붙고
보슬비 방울소리 산바람소리가
나뭇잎을 살랑거리면
그 무엇을 갈구하는지
풀벌레의 합창소리는
물결이 일 듯
늦은 오후 산골짜기를
가득 메워가는구나

2022. 7. 13.

할비, 할미의 사랑

곤히 잠든 손자, 손녀의 얼굴을
바라본다
낮에 재미있게 뛰어논 모양이다
두 손을 살포시 쥐고
새근새근 손자, 손녀의 숨소리는
환상의 멜로디다
바라만 봐도
행복은 물꼬에 물 넘어가듯
할비, 할미 가슴에서
수월하게 넘쳐
세상을 아름답게 물들어간다
이쁘다
손자, 손녀는 지금 꿈동산에서
무지개를 타고
풍선을 날리며
비눗방울 놀이로
손자, 손녀의 방식대로
놀이를 즐기겠구나
행복했으면 좋겠다
꿈속이나 현실에서나
할비, 할미의 바람은

딱 하나밖에 없는 기라
손자, 손녀 너희들이
건강하고 행복한 삶이
손자 손녀의
인생 이야기가 되는 것이
할비, 할미의 소원이란다

2022. 7. 13.

손자 손녀 사랑

딸 사위가 온다고 했다
평소에 그렇게도 잘 가던 시계가
초침은 분침 가듯 가고
분침은 시침 가듯 가고
시침은 날 가듯 마디게 간다
그런데 심장의 뜀박질은 달리기 선수다
몇 번을 방문을 열었다 닫았다를 반복하니
뒤에서 이쁜 목소리로 내 이름을 불러준다
할아버지, 할머니 안녕하세요
그 반가운 목소리가 가슴을 꽉 채워오고
그 웃는 얼굴 미소가 내 얼굴에 복사된다
참 행복하다
너를 만나서 웃음이 난다
너를 얼싸안으니 너와 나는
한 몸이 되어 저녁노을 물들 듯
행복이 마음을 채운다
무엇을 준들 아까울까?
너와 내가 하나라는 이 묘한 느낌은
아마도 핏줄의 당김이 이렇게도
찐한 향기를 풍기는 것인가? 보다

2022. 7. 13.

정양늪

천년 만년을
이 땅 위에 살아온 정양늪에
수양버들 늘어진 가지에
아침 이슬이 늦은 잠에서 깨어나
하늘 안개 되어 사라지고
잔잔한 호수에 물은 거울이 되어 햇살에 반짝이네
여기저기 모여 앉은 부들은
크고 작은 군락을 이루어 섬을 만들고
말밤들은 호수를 점령하듯
늪 가운데로 헤엄쳐 가고
섬 주인 여름 철새 가족들은
둥지를 틀고 아침운동 수영을 즐기며
가족들의 번영을 노래하고
우산같이 큰 연잎 아래 분홍빛깔 꽃에
빨간 꽃송이 꽃을 들고 이쁜 나 좀 보라고
사랑의 눈길을 연신 날리고
어화둥실 두둥실
늙은 어부의 쪽배 하나 고기 잡으러
에헤라 데헤라
장단 맞추어 노 저어 간다

2022. 7. 15.

고 백

벌 한 마리
꽃향기를 물어 나르고
나비 한 마리
사랑 물어 나른다
청산을 거닐던 흰 구름은
솔 바람에 감흥 있어
시원한 소낙비로
마음을 표현하네
그대 사랑하는 내 마음
말할까? 말까?
망설이는데 말을 못하네
마음은 포도송이 익어가듯
물들어 가는데
감나무 위에 앉아 있는
까치야
내 님에게 사랑하는 이 마음
물어다가 내 님 가슴에
꼭꼭 심어
내 님
날 사랑하게 해다오

2022. 7. 15.

강둑 길

한여름 밤
구름 하나 없는 하늘에
은하수 강이 길을 열면
별빛은 천상의 마음 울리는 시를 쓴다
살랑살랑 거닐던 강바람은
강가에서 노래를 하고
잘 포장된 소로 길 산책로에
자리 잡고 선 가로등은
손잡고 걷는 연인들을 기다리고
강 건너 유원지에
화려한 오색 불빛은
연지 곤지 다 찍고
화사한 불꽃에 미인계로
강을 주름잡던
잉어 붕어 피라미떼 다 낚아 올린다
오늘 밤 너와 나의
강길 걷는 산책길은
집으로 이어지고
행복한 꿈속에서
일기를 쓰겠네

2022. 7. 15.

농부의 일기

뭐 해 놓은 일도 없는데
시간은 소낙비 쏟아지듯
우두둑 쏟아져
또 주말이네
인생 알곡 쌓을 시간도 없이
이렇게 무작정 가면
나는 우짜노!
뭔가 확실히 이루고 싶은 것은 많은데
이것저것 얼기설기
집만 짓다 만 것이 너무 많은데
오늘은 손님맞이 준비에
중탕 내리고 포장 작업에
과수원 풀 베는 일
감나무밭 약 치는 일
늦은 배 봉지 싸는 일에
급하게 할 일 나열만 해도
할 일이 너무 많네
그러니 되는 일도 없고
안 되는 일도 없다
그런데 난 확실히 해야 할 일은
분명히 완벽하게 한다

그래서 후회는 없다
진짜 나를 아는 사람은
나의 진면목을 아니까
큰 그림을 그리는 사람이라고 하지
하다가 말아도
안 해 본 것보다 이익이니까
뭐든지 도전해 봐야지
뭐든지 하고 보자가
내 인생 철학이야
그 일이 이루어지든 말든
하하하
사람의 인생 문제
시간이 다 해결해 준다
난 벌린 일이
성공하든 말든
행복하다
하루하루가 행복해야
그것이 모여
즐거운 인생이 된다
너도 행복한 오늘이 되렴

2022. 7. 16.

후회

술과 잘못된 습관으로
몸도 마음도 황폐화 되어 있다
핵 전쟁 후
폐허 된 도시 같은 마음에 비가 온다
마음과 술이 벌린 전쟁터에
남아 있는 것은 쓰레기뿐
무엇이 나를
초토화 시켜 버렸나?
마른 가뭄에 빗방울이
생명수이듯이
인간의 욕망은 끝이 없다
이미 가지고 있는 것도
더 가지려고 하고
만들 수 없는 불가능한 일도
마음대로 안 된다고
자학하는 어리석은 중생
그래서 늙고 병듦이 있나 보다
스스로 욕심을 통제 못 하니
신이 우주 법칙으로
인간을 제어하는 법이
늙고 병듦으로

그 이루지 못할
욕심을 버리게 하는가 보다
인간의 욕심은 항상
이룰 수 있는 것보다
더 큰 것을 바라니
절대로 이루어질 수 없다
원하는 것 이루어지면 당연한 일
못 이루면 불행한 일이라고
생각하는 정신적 오류의 결함이
인간의 한계다
인간의 욕심은
신의 능력을 뛰어넘는다
자기 분수도 모르고
자기만 특별한 줄 안다
쭉정을 심어 놓고
싹이 트기를 바라는
이 모순의 오류를 모른다
그래서 욕망의 불나비는 불쌍하고
만족을 모르는
인간의 탐욕도 불쌍하다

2022. 7. 19.

아침 편지

새벽에 내리던 비는
아침을 먹으러 자리를 비우고
능수화 꽃잎에 맺힌 꽃잎수를
참새가 먹고 있네
모두 다 먹고살겠다고 오고 가는 차소리
숨소리 가쁘고
시간이 가는지도 오는지도
모르는 태양은
하늘 구름 치마 속에 무아지경이고
밤이나 낮이나 정직한 시계는
오늘도 어제처럼 움직일 시간을 말한다
출근하는 차 말석에 앉아
나도 오늘이 벌리는 삶의 잔치판에
나 먹을 것 있나 없나 하고
젓가락질해 보려고 나서본다
그대도 오늘이 벌이는 잔치판에 나서
그대 좋아하는 것만
많이 골라 드시고
행복한 하루
즐기시구려

2022. 7. 21.

출근길

아침 태양은 세상에서 제일 크고
아름다운 꽃
한 마리 꿀벌이
꽃잎에서 꿀을 모으듯
광부가 탄을 깨듯
우리도 시간이 주는 기회를 잘 활용해
각자의 삶의 터전에서 돈을 물어 저녁이면
집으로 돌아오겠지
삶의 원천이 재물이기에
이 꿀물의 유혹
아무도 못 버린다
돈이란 놈이 왕이 되어 노동을 강요하고
돈 없는 세상
생존할 수 없어
오늘도 자의 반 타의 반으로
일터로 간다
오늘은 영리한 장사꾼이 되어
수월하게 돈을 낚는
운 좋은 하루
기원해 본다

2022. 7. 22.

노래방

결사 항전을 앞둔 군사들처럼
테이블에 술병이 놓이고
거부할 수 없는 사약을 마시듯 잔을 부딪치며
건배, 건배를 외쳐대는 걸 보니 내일 아침
주제곡은 "왜 몰랐을까?" 하고
아리랑 고개 넘어 있는 신세 타령을 부를 것 같고
꿀벌이 물어 다 놓은 꽃잎같이
이쁘게 단장된 과일 안주는
심청이 인당수 뛰어들듯
목구멍 속으로 술과 함께 퐁당 퐁당 하면
대장장이 화롯불 불꽃처럼
분위기는 확 달아오르고
조명은 돌고 도는 인생길을 부르며 돌고 또 돈다
인종도 나이도 남녀도 없이
가마우찌 물고기 토해 내듯
마음의 한을 토해 내는 노랫가락이 점수로 채점되고
마스터 기계 님의 평가는 놓은 점수를 준다
모두 다 힘든 삶
여기 다 한 자락 풀어 놓고
한 박자 쉼표를 가지려 했나 보다

2022. 7. 23.

귀갓길

꽃잎이 강물에 떠내려가듯
바람에 단풍잎이
곱게 날리듯
밤 깊은 거리를 가로등이
안내하는 길 따라
머릿속은 비우고
몸은 술통으로 꽉 채우고
집으로 오는 발길은
어기여차 어기여차
노를 젓는구나
한 잔의 술은 오늘 일을
새털 같이 가볍게 해 주고
새 날아간
빈 하늘처럼
여백을 준다
이 취한 술이 물로 변해 갈 때쯤
후회와 반성이 오늘과 내일의
더 단단한 고리가 되고
한 사람의 인생길에
한 부분으로 메꾸어진다

2022. 7. 23.

사는 이야기

만났다 헤어져가는 소리
저녁노을이 그렇다
헤어짐은 소식이 뜸 해지고
관심 순위에서 후 순위가 된다
인연은 이렇게 만났다 헤어졌다
반복하는 것
추억은 만남의 마디 같은 것
그래서 우린 추억을
이쁜 기억으로 간직한다
해 따라 달 가듯
그대 가는 곳에
나도 간다

2022. 7. 28.

망월산에 달이 뜨면

무덥고 긴 삼복 더위 지루한 하안거 이겨내고
멍석 위에 올라앉은 고추에 한여름 밤 이야기는
붉은 단심으로 더 깊어가고
연호사 새벽 촛불이 어둠을 태우면
도 닦는 노승의 독경소리는
함벽루 누각에 낙수되어 황강에 떨어지면
장고 끝에 강물은 오도송을 읊으며 안개로 피어나
그 법문소리 새벽의 울림으로 사방으로 설법하고
가을살이 오른 은어는 그 법문 하나 물고
용문정을 오른다
입추 말복에 나락 크는 소리에 놀란
동네 개가 짖으며
망월산 높이 뜬 달빛이 땅으로 스며들고
찌르레기 귀뚜라미 반딧불이
가을 삼형제가 밤마다 사서삼경을 읽는구나
살랑살랑 부는 처서바람 한 자락에
뜰 마당에 선 백일홍
비로소 연분홍 빛깔이 곱게 물든 연정을 읊으면
황강나루에 깔린 천년의 모래알이
달빛에 빙그레 웃더라

2022. 7. 28.

서산리 이야기

한낮 땡빛의 요란함이
한숨 돌리고 나면
고추잠자리는
빈 하늘에서 술래잡기를 하고
나락이 꿈꾸는 들판에
구수한 숭늉 내음이
풍년가를 부르게 한다
서산리 가는 굽은 길 따라
냇물도 따라 흐르고
붕어 피라미 물장구치는 소리에
가을날은 낚여오는 것
냇물 따라 줄을 선 배롱나무는
노을을 탄 구름인 양
의기양양 깃발을 흔들며
꽃놀이를 즐기고 있다
기와집 등 넘어
푸른 대숲에서
오순도순 들리는
새소리에 저녁 짓는
연기 모락모락 피어올라
반가운 듯

하얀 손 하늘을 향해 흔들고
저녁노을이 땅 따먹기 놀이를 하는
농촌 마을에
한여름 밤 이야기는
아낙네 웃음소리로 시작되고
아낙네 부채질소리에
훼방꾼 모기소리는
님 싣고 떠나가는
기적소리 같이 멀어지고
이 동네 저 동네 저자골목 이야기는
굴비 엮이듯 이어지고
초승달은 별빛만
남겨두고
바쁜 양
월암산을 넘어서네

2022. 7. 28.

불면으로 날 샌 밤

생각이 깊은 것인지
오후에 별 생각 없이
마신 커피 때문인지
잠이 안 온다
누웠다 앉았다
수십 번을 반복해 봐도
두 눈동자는 호롱불을 켜 놓은 듯
반짝이고 정신이 몽롱해야
잠에 취할 건데
정신은 백자 그릇에
떠놓은 물 같이
맑기 그지없고
부른 바람에 낙엽 뒹굴듯
이 생각 저 생각이
머릿속을 갈아엎는다
잠을 자야 오늘 좋은 일
안 좋은 일 다 잊고
편안한 날 힘든 날이
올런지 모를 내일을
맞이할 수 있을 것인데
가래떡 자르듯

잠이 오늘과 내일을
구분시켜 줘야 할 건데
불면의 밤은
오늘과 내일을 하나로 퉁 치니
내 의지는 상관없는 일
세상일은 타인이 있어
내 마음대로 안 된다고 해도
내 몸 가지고
내가 잠들려고 해도
안 오는 걸 보니
환장할 노릇이네
내가 포기하고 만다
잠 올 때 자고
안 올 때 안 자고
만사 포기할란다
설마 삼일 밤 잠 안 오겠어

2022. 7. 31.

계절이 바뀌는 소리

팔월 한낮에
태양의 권력은
술 취한 놀부의 발걸음이다
축 늘어진 초목은
땡빛에 이야기로
상소문이 개미줄 장 보러 가듯
끝없이 이어지고
민중이 삶이 고달파
민란이 일어나듯
의병이 나라 지키겠다고
들고 일어나듯
앞산 넘어 높이 솟은
구름에 큰 깃발
그림자 진하게 드리우고
뒷산 넘어온
구름이 일어설 때
민중의 함성 같은
청개구리의 주문이 외워지고
마술 걸린 구름이
한바탕 비를 체증 내려가듯
시원하게 토해 내는구나

빗물이 낙엽 속으로 흠뻑 젖어들면
흙은 고맙다는 인사로
이쁜 버섯을 내밀어
가을 빛깔을 선보이고
빈 골짜기 웅덩이에
물이 차오르면
피라미 붕어떼
풍악이 고을을 메운다
가을 달빛은
풀잎에 사연 담아
명주실에 옥구슬 꿰어가듯
밤이슬을 매달아 가고
별빛이 읽어주는
동화 속에 한 여름밤의
낭만 이야기는
끝없이 이어가겠지

2022. 8. 3.

바캉스

팔월 땡빛 햇살이
칼질이 빨라지면
햇살 맞은 몸은
피 대신 땀방울이
전 후방 없이 상하 없이
솟아오른다
커다란 호박잎에 그늘이 생기면
이 동네 저 동네
개미떼 모여들어
오일장이 생기고
호객꾼 목청소리 높아진다
이고 지고 온 물건들은
물물교환이 이루어지고
아침부터 매미는
큰 부부 싸움이라도 했는지
이 집에서나 저 집에서나
나 죽는다고
땡고함소리가 나고
그늘 짙은 풀숲에서는
무슨 재미 난 이야기가 있는지
풀벌레 노랫소리 밤낮이 없고

시도 때도 없이
모기들이 헌혈하라고
방송을 한다
파리도 자기도 한몫 챙기겠다고
함께 덤비네
세상을 가지려고 한 미물들이
많을수록 살아가기 힘드네
그래서 사람들은 피서를 간다
바캉스를 간다
오늘도 여행 봇짐을 싼다

2022. 8. 3.

상사화와 두꺼비

장맛비 쏟아진 소나무 그늘 아래서
청초한 상사화는 누굴 보려고
이쁘게도 피었나
잎 없이 홀로 피는 꽃이기에
너는 꽃말보다 더 가슴이 미어지는구나
청개구리가 불러주는
나팔소리가 서글퍼
구름에 부딪혀 빗방울 되어
떨어지면
연분홍 꽃
너 꽃잎이 벌어지고
인고의 한 많은 세월에
이야기를 읊어대고
잎새 없이 홀로 선
내 모습이 서러워
발끝에 눈물 떨구면
그 소리에 풀숲에서
망보던 두꺼비 한 마리
행여 님이라도 왔나 하고
엉금엉금 기어 나온다

2022. 8. 3.

여름나기

흰 뭉게구름은 푸른 하늘에
물보라를 일으키며
서핑을 즐기고 있다
아름드리 느티나무에
붙은 매미가
큰 목청에 나팔소리로
짝 꼬드기는 열기가
꼬리 긴 여음으로
빈 하늘 가르면

세월의 부름을 받은
고추잠자리 군무는 시작되고
철 늦은 장미꽃은
아무런 생각 없이 웃고 있다
신경통이 도졌는지 노쇠해졌는지
참새는 모래밭에서 모래찜질에
땀을 뻘뻘 흘리고
손 맞잡고 걷는 청춘의 열기는
땡볕에 맹렬함도 울고 간다
여름 땡볕이 아무리 뜨거워도
제 나름대로 세상을 즐기고 있구나

2022. 8. 4.

포 도

눈부신 한낮 땡볕이
야외활동을 망설이게 한다
더운 열기는 마당개
숨 헐떡이는 소리가
디딜방아 찧는 소리보다
더 크다
장독대에
집을 짓고 사는 포도나무
땡볕에 골병이 들어
멍이 들었는지
시건이 들어
철이 든 것인지
주렁주렁 포도송이
먹물이 차 올라간다

2022. 8. 5.

소금 꽃

새벽 안개 길
길목에선 버드나무
안개와 나눈 하룻밤
청춘 이야기가
너무 아쉬운 이별로
헤어져 가고
그 이별곡은
매미가 불러주는
사랑가 되고
태양은 염전밭에
바닷물의 사리
소금 꽃 피우려고
있는 힘 없는 힘 다 쓰고
용 쓰는 마음이
구름마저 붉게
달아오르게 하는구나

2022. 8. 5.

황혼 길에 서서

무작정 앞만 보고 달려온 세월
쌓고 모으고 탐욕으로
가득 채우고
오늘만을 위해
살아온 잘못 짚은
헛다리 인생 공사에
생각은 깊어지고
신념의 확신은 고무신 닳듯
엷어만 지네
이제는 노쇠해 작은 바람에도
깊게 흔들거린다
잡으려고 하는 힘보다
놓아줌의 힘 조절이
더욱더 조심스럽다
끝없는 전진에서
포기라는 것은
나의 사상의 골조를 허무는 일
게 앞다리 내밀듯
조금씩 내밀었다 들였다를
반복해 보지만
머릿속 계산은 복잡하고

목수처럼 이렇게 저렇게
다듬어 끼여 맞추어 보지만
아귀는 딱 맞지 않고
잘못 본 헛수에 인생길은
흔들거리고
되는 일보다 안 되는 일이
더 많은 현실
이게 전부인가
싶은 회의감이
뭔가 하나쯤
빠진 것 같은 느낌
모양은 희미한데
세월은 주머니 속에
동전 빠져 나가듯 가벼워져
황혼 길 서성이는 나그네 되어
이제사 길을 묻는다
바람이 불어
이제는 어디로 가는지
길을 묻고 있네

2022. 8. 5.

세월의 변심

환갑 전에는 몰랐다
시간은 항상 나의 편이었고
나의 삶에 도우미였다
환갑이 지나고 보니
세월은 이별하고 떠난
님같이 냉랭하기 그지없고
여지껏 도와준 것에
대가라며
하나, 둘씩
되는 일보다 안 되는 일이
생겨간다
어쩔 수 없는 무력감에
나의 영역은 작아지고
나이와 건강을
사이에 두고
열심히 줄 당기기를
하고 있구나

2022. 8. 5.

팔월의 어느 날

남보다 늦게 출발했다고
울타리를 죽기 살기로
기어오르더니
오늘 아침에 소녀의 치마빛깔에
분홍 나팔꽃 소년의 꿈 같은
청초한 파란 나팔꽃이 피었네
하늘의 구름은 깊은 장고에 들어가
묘수를 찾고 있고
매미는 덥다고 피서가자고
아침부터 떼를 쓰고 있네
햇살이 익어가는지
세월이 익어가는지
뒤뜰에 배는 이제는 제법
어른티가 난다
팔월의 무더위가
아무리 용을 써 봐도
모두 다 죽네 사네 시끄러워도
세월은 서산에 달 넘어가듯
삼라만상을 뚤뚤 말아
또 하루가 공수표를 날린다

2022. 8. 9.

복권 사는 변명

딱 아귀가 맞는 현실
규칙적인 일상은
일탈의 꿈을 꾼다
만약에란 가상이 희망과 꿈을 준다
그래서 오늘도 헛꿈에 씨앗을 심는다
기분 좋은 꿈을 꾸었다고
그냥 보내기 아쉬워 복권을 산다
이 복권이 되면 내 이웃에게
인심 쓰는 일을
생각하는 걸 보니
난 착한 사람인가 보다
복권을 사는 나는
현실에는 누군가를 도우고
상상 속에는 나는 부자의 행복을 느낀다
이루지 못할 현실에 꿈이지만
그 상상은 현실 속
나를 꿈 깨기 전까지
행복하게 한다
오늘도 천 원으로 행복을 사려고
복권 방으로 간다

2022. 8. 9.

마음이 시릴 때

손녀 손자가 여름휴가라고 왔다 갔다
있을 때는 몰랐는데
눈앞이 아리삼삼한 것이 보고 싶다
할미 할배의 짝사랑
손자 손녀는 무심하게도
할미 할배 마음 반의 반도 몰라준다
그렇지만 보고 싶다
전화 한 통도 없다
목소리 듣고 싶은데
언제쯤 영상통화가 올까?
아이들 미소에서
할미 할비의 웃음소리가
수박통만큼 커질까?

손자 손녀는 할미 할배의
마음에 꽃이다
세상꽃은 피면 지고 말지만
마음에 핀 꽃은 영원히 안 사그라든다
시간이 지루할 때에는 손자 손녀에
어록을 하나씩 들추어 내어
그림의 일기장을 한 장씩 넘긴다

2022. 8. 9.

비 오는 여름날

하루 이틀 흐림이다
보기에 같은 구름이지만
수시로 자리를 바꾼다
뜸을 들이더니
오늘은 새벽부터 차분히 비가 온다
비 올 줄 청개구리
무당도 몰랐는지 점괘가 틀렸는지
나뭇잎에서 딴청을 피우고 있다
닭은 밀린 목욕을 하는지 우아한 자세로
비를 맞고 서 있고
양철 지붕 빗소리 요란한데도
개란 놈은 반쯤 눈 감고 삶에 도통했는지
부처 얼굴을 하고 빗방울 사이로 오고 가는
사람들 구경 중이네
나는 창문을 열어 놓고
커피 잔에 빗물을 타면
사라지는 커피 향기는
시간여행 속으로 떠나가고
나의 생각은 추억 속으로 빠져들어
시간의 길이를 재고 있네

2022. 8. 11.

팔월의 풍경

팔월은 폭염으로 모두 다 힘들어 해도
매미는 신이 난 롤러코스터를 탔는지
이 숲에서도 저 숲에서도
아침부터 즐거운 함성으로
신명 나게 고성방가를 불러 제끼고
간밤에 달콤한 사랑의 꿈
나누었던 아침 안개는 더위를 예고하고
풀잎에 이슬을 밟고 건너간다
산복더위가 알려주는 인생 참 이야기이며
소낙비가 들려주는 땡볕의 진실 게임 이야기를
들어가며 무럭무럭 자란 밤송이
이제는 잎치마 그늘에서 벗어나
주먹 쥔 아이 손 같이
여기서도 저기서도
정답 물음에 손을 든 아이들처럼
고물이 차 들어가고 있다
큰 키 옥수수는
오늘도 밭둑을 지키고 있는 걸 보니
아직도 손주가
할매 보러 오지 않았나 보다

2022. 8. 13.

여름 휴가

태양은 밤새 어느 님의 품속에서
단꿈을 꾸었는지
웃는 얼굴에 턱 찢어지고
유쾌한 웃음을 휘날리며
날쌘 걸음으로 창문을 열고 들어 서
밤새 안녕한지 안부 인사를 묻고
가을빛 머금은 늦여름 실안개는
나팔꽃 나무 등줄기를 타고
하늘로 올라가고
밤 놀이에 재미가 있어
얼마나 권하고 주고 마시고 했으면
밤인지 날이 새는지도 모르고
여기서도 저기서도
매미의 고성방가 소리는
장닭의 외침소리보다
소리가 더 크다
여름휴가를 어디 갔다 왔는지
무슨 재미 난 무용담이 있었는지
동네 개들 아침 산책길이
희희낙락이네

2022. 8. 15.

휴게소

여름휴가다
가고 싶은 곳에서
하고 싶은 일 즐기다가
휴가 끝에 집으로 돌아오는 길
차 기름 넣듯
민생고 해결을 위해
들린 낯선 휴게소에서 저녁을 청한다
불빛은 더욱더 밝아가고
어둠의 색깔은 더 짙어간다
밥을 기다리는 손자는
제비 새끼 모양
먼저 먹겠다고 앙앙 거리고
젓가락질이 낚싯대 걷어 올리는
낚시꾼같이 제법 익숙하다
식당에 모여든 사람 메뉴는 달라도
맛있게 먹이 먹는 참새모양
먹는 모습이 이쁘구나
허기진 배 채우는 목적은 채울 것 같네
기대는 현실과 다르고 욕심 끝에는
늘 아쉬움이 따른다

2022. 8. 15.

서울 여행

잘 빼어 입고
삼대가 떠나는 서울여행
구경은 뭐니뭐니 해도
사람구경이 최고라고
젊음이 활보하는 명동거리는
생동감이 넘치고
사그라든 육십청춘에
다시 한 번 불을 지른다
광화문 이순신 동상 아래는
8·15 광복절이라고
저마다 신념을 가지고
선현들이 해 왔던
그 뜻 이어져
저마다 방식으로
나라 사랑하는
마음 한곳에 모아
여름날 매미소리
세상에 고하듯
큰 마이크 소리로
온종일 구국의 열변을 토하고
세종대왕 지하 전시장에

용상은 너도 한번 나도 한번
평등의 세계를 사진으로 남긴다
한낮 더위가 거리를 활보하니
사람들은 어디 갔나 했더니
모두 다 빌딩 속으로 숨어
피서길 나서고
세월이 변해가니
산과 바다로 떠나는 여행도 좋지만
연인끼리 커피잔을 사이에 두고
커피향이 주고받는 대화도 좋고
사그락 책장 넘기는 소리가
마음에 와 닿네

2022. 8. 15.

가을 장마

계절을 바꾸려고
가을 장맛비는
밤낮을 안 가리고
노련한 강 어부 노 젓듯
강약을 잘 조절해
더위를 몰아내고 있다
오늘은 이른 새벽 길 달려와
문 두드리는 걸 보니
온종일 나와 함께
하고픈가 보다
빗물이 내 마음에 녹아
촉촉이 젖어든다
빗방울은 이별의 편지라도 쓰듯
또박또박 떨어지고
그 빗물에 내 시린 마음도
한 조각씩 분해되어
떠내려 간다
멍하니 마음에 비를 맞다가
괜한 서러운 생각이
마음을 울적하게 하고
울적한 마음

떠내려 보내려고
우산을 둘러메고
길거리를 나선다
숨은 자아를 찾아서
무작정 거리를 헤매다 보면
화려한 네온 간판에
불빛도 빗물에 씻겨져
나아갈 때쯤
몸의 에너지도
울적했던 생각도 엷어지고
빗속으로 마중 나오는
커피향의 유혹이
꽃향기가 벌 나비 부르듯
나의 손목을 잡아
쉬어 가라 하네

2022. 8. 16.

그리움

구름을 밀고 나온 햇살이
은행잎 사이로 흘러나와
세상을 붓질하여 거울같이 밝고
호수같이 맑은 색칠로 아침을 알린다
처서가 코앞이라고 그늘진 곳에서
귀뚜라미가 조용히 님을 부른다
당산나무 산기슭에 군락을 이룬 당나리꽃이
사방팔방으로 가을이 온다고
온 동네방네 소문을 내면
때가 왔음을 알아차린 나락은
풍년가를 부르며 일제히 만개하고
푸른 하늘에 고추잠자리의 낮은 비행은
무슨 의미를 둘까?
어제처럼 가고 오늘처럼 오는 세월인데
그 세월은 나에게 무슨 의미를 둘까?
두 눈을 감고 조용히 귀 기울이면
내 마음에 남아 있는
너의 그림자가 가을바람 따라서
내 눈앞에서 너를 볼 수 있을까?
오늘도 난 너를 기다리는데…

2022. 8. 19.

사고의 한계

토닥토닥 빗방울이 어두운 밤을 뚫고
내 마음도 구멍을 낸다
살아온 지난날의
날 수를 헤아리듯 떨어지면
지난날의 답답한 마음
허무한 마음이 등불을 켠다
한 발씩 한 발씩
그대를 향해
다가가려고 애를 쓴다
그대는 관심 있는 척
관심 없는 척
그대 마음 알 수가 없네
만남과 헤어짐은 인생의 이치이지만
인정하기엔 아쉬움이 크다
난 그 범위를 넘어서고 싶은데
혼자서는 할 수 없는 일이라서
세상 순리에 맞추어 사는 것이
사람 살아가는 모양
인정하기 싫지만 인정하고
살아가는 현실이 밉다

2022. 8. 20.

바닷가

저녁을 먹고 난 불빛은
거리의 댄스 모양
흥겨운 몸짓을 흔들어
피서객을 유혹하고
남국의 소식 실은 파도는
남국의 사랑 이야기를
조약돌에게 속삭이면
조약돌의 웃음소리가
파도소리에 밀당을 하고
산책길 걷는 연인들의
귓속 이야기는
남국에서 불어오는
바닷바람 유혹에 넘어가
사랑을 낳는다

2022. 8. 21.

카페의 기다림

화려한 불빛은 여행객을 불러낸다
오고 가는 수많은 여행객은
밤바다가 주는
사랑의 영감을 만나 보고픈지
밤 산책길 나서고
살랑이는 파도 물결은
고래가 불러주는 어부가를 들려주고
연인들, 아이들은
바닷물이 전달하는
남국의 이야기를 듣는다
바다를 건너온 바람은
사랑을 꼬드겨
연인들 가슴에 선물하고
아이들에게는 꿈을 선물한다
추억을 만들고 싶은 건지
사랑을 다지고 싶은 건지
바다가 보이는
창 넓은 카페의
화려한 불빛 아래
손님들은 만원이다

2022. 8. 21.

피서지의 밤

밤 깊은 항구의 불빛은
바다에 긴 낚싯대를 드리우고
고래의 휘파람 소리를 듣는다
바다에 파도 물결은
통통배를 앞서거니 뒤서거니
경주를 하듯 항구를 향해 들고
항구의 아낙은 고기 잡고 온
남편의 늦은 저녁을 차린다
오순도순 나누는
밥상의 대화가 정이 넘치고
리조트 큰 물놀이장
사람들 함성은 사라지고
달빛 홀로 걷는 밤이
피서객 가슴에 쏟아지는
외로움이네

2022. 8. 22.

여행지의 하루

하늘과 바다가
한 선을 이루어 달리는 수평선
그 선을 타고
한 점이 나타났다
그것은 여객선
남국에 향기를 싣고
물결에 미끄러 들면
뭇 여인의 가슴을 설레게 한다
잘 차려진 커피숍에서
그 향이 몸을 녹이고
음악의 분위기에
귀가 녹으면
몸과 마음은 허물어져
구름이 되어
너 마음 내 마음이 하나가 되고
바닷가 포장마차 붉은 불빛 아래서
기울이는 한잔의 술은
인생 이야기가 되고
오늘도 하룻밤 고개를
설렁설렁 넘어간다

2022. 8. 23.

나팔꽃

소나무를 꼬며
올라간 나팔꽃
넝쿨이 너도 가고
나도 가고
온 동네방네
넝쿨이 뒷산 산책길
나들이 가듯
다 타 올라
파란 꽃을 피웠네
소나무꽃일까?
나팔꽃일까?
나는 모르겠네
그 기운 얼마나 대단한지
나무 꼭대기에 올라서서
흘러가는 나선 구름
잡으러 드네
나팔꽃아
너는 무얼 먹어
그 기운이 천하장사인고?

2022. 8. 27.

세월은 누가 지키나

저녁노을이 놀다 간
서쪽 하늘 먼발치에서
달도 뜨고 별도 뜬다
물결은 낚싯줄에 걸린
잉어 비늘모양 잔물결이 파닥거리고
물놀이 재미에 빠진
별빛 달빛은 가기 싫어
어정거리며 물장구를 친다
그 소리에 놀라 왜가리는 긴 목을 빼고
별빛 달빛이 어슴한 창공을 날아오르고
처서 지난 바람이 가을 향기를 풍기면
매미는 여름 끝 바짓가랑이 부여잡고
부르는 신세타령 노래가
나루터 주모가 연모하는 님
보내는 이별가같이 구슬프구나
음력 팔월 달빛에 걸어놓은 귀뚜라미
가을 노랫가락은
가을 타는 남자의 마음을 더 아리게 한다
너도 가고 나도 가면
흘러가는 이 세월 누가 지키나

2022. 8. 25.

멧돼지와 농부

처서 지난 태양은
누굴 위한 배려인지 몰라도
막힘을 다 쓰고 있는 오후
나락 논에는 벼 이삭이 만개해 꽃잎마다
흰 돛단배에 단 깃발같이
꽃잎이 바람결에 출렁인다
이 나락 논이 자기 영토라고
어제저녁에 멧돼지가 내려와
깃발 꽂고 난장판을 만들었다
논두렁 다 까뭉개고 논 가운데 목욕탕을 만들어
진흙 팩을 즐겼네 어디 가서 하소연할까?
쓰린 속 접어두고 오늘 나는 내 영토라고
지키기 위해 울타리를 친다
세월에 부대끼고
동종 간 이종 간 벌리는 먹이 경쟁
재미일까? 전투일까?
삶이란 것 생존의 문제
너가 내 영토를 뺏는 것인지
내가 너 영역을 침범하는 것인지 몰라도
세상일 결국 모 아니면 도네

2022. 8. 27.

저녁 마실 길

어둠은 귀뚜라미 노랫가락을 타고
마을로 내려오고 백로 앞둔 절기라서 그런지
바람의 느낌은 다르다
이른 저녁을 먹고 가을바람 마중 나아가면
걸음은 나비가 걷듯 가볍고 팔은 음악을 듣듯
신이나 흔든다
어느 순간 나도 모르게
가로등이 켜지고 어린이 놀이터에
어른, 아이들이 어울려
즐기는 놀이의 함성이
물결 미끄러지듯 행복 소리로 번져
사람의 발길을 불러 세운다
저녁 붉은 노을이 멀어진 서쪽 하늘부터
아기별 손잡은 엄마, 아빠별이
삼삼오오 무리 지어 저녁 푸른 창공을 거닐고
개구쟁이 아기별은
실구름 줄을 부여잡고 그네를 타네
땅에서도 하늘에서도
행복이 충만한
천국에 밤이로구나

2022. 8. 27.

비 오는 날

일기예보에 가을 장마가
시작된다고 했다
시간이 되어
날은 밝아오는데
무거운 공기에
우산 없는 새들은
창공 나들이도 없네
애써 참는 울음처럼
하늘에 구름은 자꾸 진해져
초시계처럼 시간을 재고 있고
집 없는 나
어떡하라고
귀뚜라미는 새벽부터
처량하게 노래 중이고
날씨에 따라
일정이 정해지는 농부
비가 오는 오늘
난 무슨 일로 하루 비와
친구가 되나?

2022. 8. 30.

우중 산행

오늘은 온종일 비가 내렸다
가을을 재촉하는
비라서 그런지
제법 강약의 리듬을 탄다
늦은 오후 월암산으로
우중 산행을 한다
낙엽 삭는 내음이
폐 속까지 스며드니
숨은 헐떡여도
기분은 상큼한 것
골짜기 낙엽 속에서
가마솥 소죽 끓일 때 나오는
수증기 같은 실안개가
나의 손을 잡으며
동행을 하자하고
비는 나뭇잎에서 내린다
숲의 요정에
눈짓인지 마술인지
각양각색의 이쁜 버섯들이
사람 마음을 홀리네

2022. 8. 30.

비와 농부

일기예보에
가을 장마가 시작된다고 했다
시간이 되어 날은 밝아오는데
무거운 공기에
우산 없는 새들은
창공 나들이도 없다
애써 참는 울음처럼
하늘에 구름은
자꾸 진해져
초시계처럼
시간을 재고 있고
집 없는 나
어떡하라고
귀뚜라미는 새벽부터
처량하게 노래 중이고
날씨에 따라
하루 일정이 정해지는 농부
비가 오는
오늘 난 무슨 일로
하루 비와 놀아 보나?

2022. 8. 31.

황강물 이야기

비 온 후
공원길을 걷는다
비 맞은 잔디는
돌아온 청춘을 즐기고
산책길 따라 늘어선
느티나무는
누굴 기다리는지 매일 그 시간에
그 자리에 서 있고
황강물은 황매산 그림자를 넘어서
용문정 앞 돌계단을 내려와
연촌 앞 모래밭에 들어서니 한시름 놓는다
갈마산을 이어주는
징금 돌다리를 건너갈 때
어떤 이는 이야기하고
어떤 자는 노래한다
똑같은 사람이지만
각자 개성이 있듯
똑같이 한 줄로 이어진
황강물이지만
제각각 표현이 다르네

2022. 8. 31.

가을날

길은 호박넝쿨 뻗어 나아가듯
사방으로 펼쳐지고 호박 달리듯
마을이 이 골짝 저 골짝에 달려있네
가을바람이 마을길을 걷다
풀숲에 선 코스모스 꽃잎을 흔들면
그 향기 소리는 벌, 나비 집에 찾아들고
님 만나러 가는지 일하러 가는지
벌, 나비는 꽃잎에 찾아들고
잘 익은 벼 이삭이
황금 빛깔 이쁜 물감을 칠하면
튼실한 메뚜기 먹고 살겠다고
얼마나 열심히 뛰어다녔으면
뒷다리가 노랗게 물들었을까?
오늘도 밭이랑에
철 늦은 수박이 익어가고
할배는 손주 오면 따 먹을 요량으로
수박 머리 통통 두들겨 보고
때가 덜 되었는지
오늘도 그냥 지나가네

2022. 9. 3.

일상의 의미

논이 있어 농사 지으러 논에 간다
큰길에서 작은 길로 들어서면
마을길이 나오고 마을길 지나면
굽은 들길이 나온다
누군가 애쓴 이있어
빨강 꽃, 흰 꽃, 봉숭아
꽃동네가 나오고 산모퉁이 돌아가면
잘 익어가는 벼 앞마당에
오색 코스모스가 장터에 사람 밀려가듯
바람결에 머리를 흔들면
벌, 나비는 자기들 부르는 줄 알고
총알 같이 꽃동네에 모여들어
잔치판을 벌이는구나
모두 다가 열심히 살아가는 일상이지만
그 일상들이 세상을 아름답게
꾸미는 한 부분이 된다
그래서 오늘도 열심히
재미있게 사는 하루가
내 인생 중에
화려한 봄날의 꽃일 수도 있다

2022. 9. 3.

나비와 꽃 사랑

시간이 꽃, 나비
날개 위에 새긴 그 언약
나비는 약속한 말 되새기듯
천천히 천천히 날갯짓하며
꽃에 손가락 걸고 맹세하네
사랑은 변하지 않는
약속의 언약이라고
올해 이 몸이 기운이 다해
죽어 없어진다 해도
내년에 너와 나는
세월이 좋은 호시절에
또다시 나비와 꽃이 되어 재회한다고
마음에 보석을 가을빛 햇살 아래서 약속하네
헤어짐이 기다림의
굳은 신념으로 믿어질 때
그 세월은 물 차오르듯 꽉 차올라
사랑이 있는 곳까지 도달하면 약속을 지켜
나비와 꽃잎에 사랑으로
그 모습 그대로 그 사랑 그대로
내 눈앞에 나타난다네

2022. 9. 6.

추억 속에 너

가을 태풍이
하늘을 쓸고 간 밤하늘
유리창을 닦아 놓은 듯
푸른 창공이 청명하다
별빛은 아기 눈매같이 총명하고
이무기가 용이 되겠다고 애쓰듯
반달이 보름달 되겠다고 힘쓰고 있다
가로등 불빛 밝은 공원 벤치에서
너를 기다린다
철 늦은 붉은 장미꽃은 보여도
너는 보이지 않고
두 눈을 감아 본다
귀뚜라미
노랫가락소리는 들려도
님의 발자국 소리 안 들린다
바람이 안 불어도 시원한데
밤을 세워 기다려도 너는 오지 않는다
왜냐하면
난
추억속에 있는 너를 기다리니까

2022. 9. 6.

가을 밤의 정취

내일 모레가 추석이다
둥근달이 뜨면
그 달 속에 무엇이 채워지나
가을바람이 살랑살랑 부니
마음은 풍선 뜨듯 가볍고
몸은 물속을 걷듯 살금살금 뜬다
명사십리 맑은 물은
조리에 쌀 일 듯
모래알 일어 모래섬에 보태고
시간은 별빛
햇빛 주워 모아 반달을 채워가고
흘러가는 세월은 내 마음을 넓혀간다
풀숲에서 울어되는
가을 귀뚜라미 소리는
모여서 소설이 되나
시가 되나
아님,
사람 심금 울리는
노랫가락이 되나

2022. 9. 6.

전 화

전화벨이 노래를 한다
누굴까?
궁금해 하는 마음
설레는 마음
기다리는 전화일까?
아니면 피하고
싶은 전화일까?
전화 받을 때
목소리 톤이 다르다
마음이 호불호를 찾을 때
좋은 사람에게
전화해
웃는 얼굴로
밥 한 그릇
술 한 잔으로
안부를 나눈다

2022. 9. 7.

사랑의 미학

카페에서 커피를 마신다
누가 있나 찾아본다
마음에 드는 그녀가 있다
조명 아래 웃는 모습이 이쁘다
그녀의 마음에 관심을 심기 위해
버섯이 바람에 종균을 날리듯
소리 소문 없이 눈짓으로
너에게 갖은 재주를 부린다
그녀가 관심을 보이면
일단 성공이다
오늘 너의 관심이
내가 너의 마음에
기초공사를 하는 것
다음 날부터
새로운 재료로 너의 마음에
벽돌을 한 층 한 층 쌓을 때마다
사금이 바구니에 모이듯
너 마음속에
아름다움이 반짝이는
내 마음이 쌓이겠지
너 마음이 연줄에 메인 연처럼

내 마음을 싣고 나를 때
비로소 사랑은 말을 한다
그럴 쯤에 내 마음과 너의 마음에
서로가 건너 다닐 수 있는
튼튼한 다리만 놓으면
너는 남에서 내편으로
하나가 되는 것
둘이 하나 된 이것이
사랑 이야기고
사랑 타령이야
사랑이 많이 쌓여 갈수록
세상이야기는 솜털처럼 가벼워지고
삶은 기쁨으로 색칠되고
인생은 아름다워지는 이야기
사랑 그것 참 좋다
사랑은 삶을 새털처럼 가볍게 하고
세상을 모두 품을 수 있을 만큼 넓다
모두 다 가진 행복의 마약
오늘 밤에는 사랑에 한 번 취해
세상을 다 가져보자

2022. 9. 7.

봄날의 환상

황강물 맑은 강에서
농부가 낫 갈 듯
대장장이 쇠 당금질 하듯
봄빛 햇살을 달구면
봄은 어느 날 문득
월암산 절벽에 널어 선
돌 복숭아 나무에 불을 지른다
복숭아 꽃은 분홍빛깔로 불길이 일고
아지랑이는 연기되어
하늘과 땅을 이어주는 다리가 되고
봄날은 하늘에서 무더기로 쏟아져
봄빛으로 땅을 적셔간다
오늘만큼은 비록
노인의 몸이지만
마음만은 이팔청춘이 되어
첫사랑에 꿈을 찾아
창공을 나는 학을 타고
산 넘어 그대 찾아
한없이 날아가고
싶어라

2022. 9. 7.

고향 집

여명은 햇살로 아침을 열고
꿈은 생각이 지어낸 이야기
밤새 창가를 적신 고운 아침이슬은
어느 님의 마음 표현인가?
산 넘어 아침햇살이 기지개를 켜고
하루 일을 나설 때 나도 따라서
추석 아침 차례를 지내려 고향 집으로 가고
고향 집 대문을 들어서는 순간
그 집에서 있었던 추억들이
반갑다고 버선발로 뛰어나와 얼싸 안겨든다
고향 집에서 추석 보름달이 마당을 꽉 채우고
내 작은 창문까지 달빛이 차오르면
마당에 선 감나무 가지가 붓끝이 되어
창에 그리는 그림 속으로 따라가다 보면
나도 모르게 엄마 손잡고
어릴 적 놀던 꿈속 길에 빠져들어
기억 속에 남아 있는 추억 놀이를 할 때
세상을 다 품은 가을 달은 뒷산 마루에 올라서고
산 넘어 강가에 홀로 앉아 강물에 내 키울 때 애쓰던
엄마 마음 다 풀어 놓네

2022. 9. 10.

부모님 사랑

구름은 낙엽 위를 구르고
보름달은 구름 위를 구른다
추석날 밝은 달은
절구질하는
토끼 모습 보이는 듯하고
잘 익은 술 한 잔이 운을 띄운다
귀뚜라미 짝 찾는 노랫가락이
달빛에 곡을 붙이니
그 황홀한 유혹의 멜로디에
낚싯줄에 잡힌 고기처럼
그 소리에 내 걸음도 낚여 당겨가고
가을밤 사랑도 낚여 간다
달빛은 잔을 가득 채우고
정과 우애가 꽉 찬 대청마루에
형제자매 오누이가
쏟아 내는 추억의 이야기는
돌아가신 어머니 아버지도 함께
웃고 즐기는 고향 집
옛날이야기가 동화가 되고 그림이 되고
어머니 아버지 모습
고향 집 마당에 같이 놀았던 멍멍이

골목대장 장닭이 암탉 부르는 소리
그때 그 풍경이
이 밤에 환히 밝아오고
나이 든 아들 딸이 되새기는
부모님의 어록이 웃음꽃이 되어
하늘을 나르고
이제사 가슴으로부터
부모님의 사랑을 느낀다
행복의 꿀물이 줄줄 흐르는
고향의 밤
잊을 수 없네

2022. 9. 11.

성묫길

밤알 한 톨이 내 발등 앞에 떨어진다
성묫길 가는 길
어른 아이 앞서거니 뒤서거니
가던 길 참새 모이 발견해
가족 불러 모으듯
밤 한 톨이 가던 길 불러세우고
밤 나무 밑에서
독 안에 든 쥐잡기를 한다
여기서도 저기서도
한 톨 주울 때마다
감탄사가 하늘을 나르고
밤 알 줍기에 시간을
잊어버린다
풀벌레 소리는 이쁘고
고운 음색으로
오라 가라 하고
그 노랫가락에 억새풀 꽃은
가을바람을 탄다
신명 나게 가을 햇살을 즐기던
잠자리는 자유 비행을 마치고
잠시 쉴 곳을 기웃거리고

꽃이 핀 산길에 꽃무리마다
벌과 꽃의 거래로
웅성거림은 시골 오일장
흥정판같이 요란하다
벌초 잘 끝낸 산소는 인물이 훤하고
조상 찾아가는 성묫길
너도 가고 나도 가고
이것이 사람 사는
가을날의 한 풍경
수많은 가을날 중에
3대가 함께 즐기는
가을날 하루 성묫길은
삶을 함께 즐길 줄 아는
행복한 사람들의 노래

2022. 9. 11.

여 명

새벽 수영을 즐기던 강 안개가
밤새도록 거리를 지키던
가로등 보초병 등을 토닥거리고
어린아이들 소풍 가듯
줄지어 인가를 빠져나와
슬금슬금 등산길 오르다
잠시 쉬어 가겠다고
소나무 잎에 걸터앉아
한숨 돌리고
추석 지난 보름달이
밤새 있었던
세상사 이야기
모두 다 보고 듣고
적은 소원의 장부를 들고
큰 별과 벗하여
서산마루에 서서
릴레이 선수처럼
손잡아 줄 아침 해를
기다리고 있네

2022. 9. 12.

전 화

하루 일을 마친
비둘기는 차 한잔하고
퇴근하려는지
카페로 들어가고
나도 저녁을 먹고
산보 길 나서면
벌써 초승달은
저녁별과 어깨동무하고
서산마루에 앉아 있네
작은 가로등이
줄지어 꽃길을 열고
어둠 짙은 강물에서
잉어가 용트림을 하는지
메기가 술래잡기를 하는지
물결이 꿈틀거린다
강바람이 가을 향기를 전할 때
나는 그대가 보고파
이렇게 전화를 한다

2022. 9. 14.

버섯 산행

무더운 여름날 끝에 태풍이 밀고 올라와
산천을 벌통 쑤셔놓은 듯 뒤집고 간 산속
바위산에 터 잡은 키 큰 나무
올해는 기운이 달렸는지
풍수를 잘 못 만났는지
술 취한 사람처럼 큰 대자로 누워버렸네
빗물은 땅속으로 스며들고
바람은 낙엽속으로 파고든다
바람의 들썩임에 놀란 각양각색의 버섯들이
번호표를 들고 대기를 탄다
머리에 보름달 탈을 쓴 버섯이
아침 이슬 입에 물고 햇살과 입맞춤할 때
그 아름다운 모습이 천상의 조화로다
이쁘고 아름다움에 홀려
나무덩굴 가시덩굴 사이를
장끼 까투리 꼬시듯
요리조리 기어가 손맛을 보니
목소리가 소프라노다
산 모기가 물어 떼든 말든
가을 버섯 따러 내 걸음은 자꾸 산속 깊이 가네

2022. 9. 14.

산속에서

관솔은 푸른 솔이 이루지 못한 마음속 이야기
버섯은 낙엽이 세월을 덮고 시간을 쌓아
가슴으로 삭힌 못다 한 이야기의 꽃
달빛 별빛이 엮는 사랑 이야기를
가을 풀벌레가 곡을 붙여
그리움에 애틋한 마음 열어 놓고
숲속 길 깊어가는 줄도 모르고
서산에 해 지는 줄도 모르고 버섯에 홀려
산속 깊이 찾아들면 산속에 무엇이 살고 있는지를 아나?
내 님과 내가 자주 대화하면
속 깊은 내 님 마음도 알 수 있을까?
어릴 적 형 누나들 따라
산에 가서 소 먹이고 놀 때
도라지 잔대 캐서 와
어머니 칭찬도 받고 그랬는데
그 많았던 도라지 잔대는 어디 가고
지금은 그들의 생사를 묻는구나
그늘 짙은 산속 길
동서남북을 살펴봐도 동네와 논밭은 보이지 않고
빽빽한 나뭇가지 사이로 스며든 햇살만 길 안내하네

2022. 9. 14.

인생 뭐 별거 있나

밭두렁에 키 작고
꽃송이 작은 들꽃
향기도 없다
꽃이 피어나도
기대는 가져도
관심은 못 끈다
다른 사람들의 시선을
모을 만큼 이쁘지도 않다
목동에게는 소 먹이 풀이고
벌 나비에게는
잠시 쉬어 가는 간이역
남들이 보는 흔한
들꽃의 일생은 이렇다
내 모습도 수많은
세상 미물 중에서
들꽃과 같은 존재일 것이다
남들이 나의 진가를 몰라도
내 생각은 아니야
아마도 들꽃도 그렇겠지만
남보다 더 야무진 꿈도 있고
이루고 싶은 일도 있다

그래서 남들보다 앞서고
싶은 욕심도 있다
남들은 인정 안 해도
나만이 가지고 있는
자부심은 일등이야
생각은 마음의 꽃이다
번민은 선택의
여러 가지 방법 중의 하나
그래서 삶 속에 고민도 있고
행복도 있는 거지
돌 속에 광맥 있듯이
이 금을 캐기 위해
많은 돌을 깨 내듯이
원하는 걸 얻기 위해
무수히 헛일을 많이 해야겠지
이것이 인생인데 우짤 것이여
하루하루 내 나름대로
최상책을 쓰다 보면
요행히 내가 던진 낚싯줄에
대어가 끌려올지
누가 아나

확률 게임이기에
여러 번 던져봐야
기회를 잡지
인생의 한 수 오늘도
세상과 맞장을 떠 볼라고?
희망이란 포석을 세상 몰래 놓고
내가 원하는 걸 가져오려고
내게 유리한 노력과 운을 기대하며
조금씩 울타리를 쳐가면
나만의 영역을
오늘도 한 걸음 한 뼘씩
늘려간다

2022. 9. 16.

병원 진료 대기 중

삼일 밤을 불면으로 지새웠다
어깨 통증 때문에
참는 데도 한계에 도달하고
생활의 불편함이
괴로움으로 돌아와
이판사판으로
이른 아침에 병원을 찾았다
명의라서 그런지
아픈 사람이 많아서 그런지
대기 줄이 전깃줄이다
병원 와서 기다리는 시간만큼
지겨운 시간은 없다
통증은 눈치 없이
자주 자주 연락 오는데
기다리는 줄은 깜깜 무소식이네
병원에서 차례 기다리는 시간만큼
느끼는 시간이 길어진다면
인생길 오십 년을 살아도
백 년 산 것보다
더 길게 느껴지리라

2022. 9. 16.

고마운 사람

해도 가고 달도 가니 세월도 갔소
흘려간 세월 손꼽아 보니
열 손가락 여러 번 꼽아야 될 만큼
많이 살아온 세월
고생하면서 산 세월 이야기하면
지겹도록 긴 세월이었고
좋은 시절 웃던 시절
생각하면 참 짧다고 느껴지는 세월
잘해준 기억보다
아쉬운 기억 부족했던
시간이 더 많았네요
나이 먹고 흐린 날씨에
커피 한잔하며
문득 떠오르는 당신 생각
지금 이 나이에 다시 생각해 보니
나의 철없던 행동에
잘 참아 준 당신이 있었기에
지금 안정된 삶이 있지 않았나 싶네
참 고맙고 내가 누리는 행복이
다 내 복이 아니고 다 그대 덕분이었네

2022. 9. 16.

나는 행복한 사람

시간이 가니 달빛 별빛마저 놀다 심심했는지
집으로 돌아가고 한숨 자고 난 장닭이
먼저 일어나 다른 사람 안 일어난다고
동네방네 심술을 부린다
온 가족들이 다 모여 어제저녁에 삼대가
오순도순 화기애애하게 저녁 외식도 하고
차도 한잔하며 삶의 여유도 즐기고
밤이 늦도록 사람 사는 정
이야기 잔치를 했건만 할배라서 그런지
만남의 기쁨이 커서 그런지 이른 새벽에 일어나
어제 손자, 손녀가 부리는
재롱을 생각하니
나 혼자 싱글벙글이다
어슴 새벽에 마당에 나와
장닭에게 어슬렁 다가가 자랑질을 한다
너는 심술 나 사람 잠 깨우지만
난 가족의 만남의 행복함으로
기분 좋은 오늘 새벽에
너에게 자랑질 하려고…
일찍 일어났다고

2022. 9. 18.

봉숭아 꽃

풍경 좋은 계곡에
사시사철 맑은 물이
즐거운 소리로
계절을 알린다
초가을에 핀 봉숭아 꽃
튼실한 꽃대에
온 동네방네
꽃나비가 다 모여
꿀을 빨며
고운 날개를 산들바람에
팔랑이는 듯하고
싱싱한 이팔청춘 꽃잎은
혼자 보기가 아깝다
어쩌다 인연이 되어
산골 논둑에 피어나
귀한 대접 못 받고
그저 한때 피고 지고 마는
꽃이 되어 있어도
그 예쁨에 잡풀마저도
한 걸음 물러나고
키 큰 코스모스가 분위기 맞춘다고

분홍빛깔 흑장미같이
짙은 붉은 색깔 흰 색깔의 꽃잎들이
계절의 아름다운 이쁜 모습 봐달라고
바람결에 광고하고
개업 집 풍선 인형처럼 하늘을 지키고 있다
그 아래 천하장사 같은 듬직한 봉숭아가
예쁘다는 느낌은 가슴에 와 닿는데
언어로 표현 못 할 복합적인 아름다움을
간직한 이쁨이 숨어 있는 꽃
번잡한 도시공원에 있었다면
많은 사람들이 함께
사진 찍길 원하는 사랑스런
스타꽃이 되었을 것인데
시골 논둑에 피어있어
때를 못 만난 영웅호걸들아
혼자 보기가 아깝구나

2022. 9. 18.

가을날 아침

구름 낀 새벽하늘
오늘은 어떤 카드를 쓸까 고민 중이고
안개 낀 산 넘어서
아침 일꾼이 얼굴을 내밀고
아무리 한철 장사라고 하지만
숲에 귀뚜라미 풀벌레 소리는
목도 안 아픈지
무슨 할 말이 그리도 많은지
밤낮없이 서로 죽고 못 산다
안개 낀 산속 나무 둥지 위에서
비둘기가 밤새 생사 여부를 묻고
가을 곡식이 익어가는 들판으로
아침 먹으러 갈 친구를 불러 모으고
옆집 팔순 할배 오늘도 건강히 살아 있다고
소 여물 챙겨 주고 가는지
자전거 브레이크 잡은 소리가 골목을 울린다
가을이 오는 들판에
오늘은 무슨 일을 할까 하고 들길을 나서니
찬 이슬이 바짓가랭이 끝으로
촉촉이 젖어들며 가을을 알리네

2022. 9. 18.

농장의 아침

잠 안 오는 어슴새벽에
방 안을 이리 뒹굴 저리 뒹굴
이 구석 저 구석 돌아봐도
심심해서 엉덩이가 들썩인다
답답한 마음에 밖에 나와
마당에 서니 새벽이슬이 판넬 지붕을 만나
빗방울이 되어 떨어지고
할 일 없는 장닭은 이웃 동네에서도 운다
밤에 요정이 타고 온 실안개는
하나 둘 모여들어 산허리를 감싸고
산 짐승 지키기 위해
신식 허수아비 경광등은
오늘도 근무 중 이상 없다고
불빛에 깜박임으로 신호를 보내고
철 지난 보름달은
쪼그라든 반달이 되어 새벽의 밀물에 떠밀려
뒷산 꼭대기에 넘어갈 듯 말 듯 하고
주인이 마당에 나왔다고 잘 보여 귀염 받아보겠다고
마당개만 좋아라 꼬리 치며
관심을 보이는구나

2022. 9. 18.

가족 만남

모처럼 가족들을 만났다
어릴 적에는 밤낮으로 언제나
볼 수 있었는데
이제는 둥지 떠난 새가 되어
각자 가정을 가지고
애들 키우며 산다
그래서 한 번 보려면
날짜를 잡아야 한다
그리운 만남
애틋함은 가족이 하나라는
사랑으로 남고
한 번씩 보면 좋다
지난날 추억 이야기에
미움도 갈등도 없다
그저 인생의 아름다운 날들 중에
하나로 남고 앞으로 살아가는데
힘이 된다
기억도 되살릴 겸 농장에서
다 같이 한 밤을 지낸다
이른 아침이라 해도
모두 다가 고향의 여유를 즐기는지

기척이 없어 이 방문 앞 저 방문 앞을
서성여도 미동이 없다
마당에 길 잃은 강아지처럼
몇 번 왔다 갔다 하니
철 늦은 모기란 놈이
육보시 하라고 달려들며
내 덩치에 먹으면
얼마나 먹겠느냐?
하며 잠시 동안
일곱 여덟 곳은 물렸네
간지러워라
아차 싶어 돌아보면
놈들은
볼 일 다 보고 간 상황
요즘 첨단군사 무기도
모기 성능 못 따라갈 것 같네

2022. 9. 18.

손자, 손녀와 청개구리

아침이 밝아 왔나 보다
쟁반에 옥구슬이 구르듯
톤 맑은 음성들이 들려온다
강아지 동네 친구 만나듯
반가운 웃음소리가
마당을 가득 메운다
장닭이 암탉 부르는 소리
어린 손자, 손녀가 즐기는
장난치는 웃음소리가
잘 어울리는 아침 마당 소리이다
무슨 재미 난 이야기가 있는지
궁금해 그 소리 한자락
들어 보려고 나도 방문을 열고
마당을 나선다
청개구리 한 마리 포위를 하고
서 있다
청개구리가 한 발자국 뛸 때마다
놀라움과 탄성에 연발이다
그 탄성 속에 각자의 생각과 느낌이 있어
부르는 즐거운 노래일 것이다
밤나무 밑에 밤새 밤톨이 떨어져 있다

용기 있는 한 녀석이 먼저 줍겠다고
대책 없이 손이 먼저 나아가
밤송이에 손이 찔리고
비명을 지르지만
옆 아이는 깔깔거리며
남의 나라 이야기로 여긴다
자연 속에서 경험하는
일 하나 놀이 한 가지가
재미이고 기억 속에
좋은 경험일 것이다
아마도
그 재미는 생각지도 못한
현상에 대한
놀라움이었을 것이다
이래서 아이들은
자연을 많이 접하면
상상력이 풍부한
인생이 만들어지나 보다

2022. 9. 18.

우리 아버지

파란 나팔꽃이 이슬을 촉촉이 물고
울타리를 타오르고
새소리 소곤거리는 소리는
오늘은 뭔가 좋은 일이 생길 것 같고
까치는 아침 안부 인사를 전한다
밥 먹으러 오라 하니
우리 아버지 첫마디가
와! 임마
경상도 할배의 대답이다
누가 잘 못 들으면
밤송이같이 까칠한 대답
정 없고 무식한 촌 할배소리
까칠한 밤송이는 살갑지도 않고
거친 모습이지만
토실토실한 알밤을 끝까지
지켜내 때가 되면
모두 다 내어주는 통 큰 인심
경상도 할배 우리 아버지 말투는 그래도
마음은 가을 마당 밤송이 같다

2022. 9. 18.

버섯 여행

산속에서 골짝 바람이
가을 길 구경 나서면
잘 익은 벼는 서로 몸을 부비며
작은 소리로
바스락거린다
가을 바람 타고
시집이라도 갈 요량인지
이쁘게 단장한 코스모스가
흰 꽃, 분홍 꽃, 붉은 꽃 한 송이를 들고
날씬한 몸맵시를 뽐내고
마음에 드는 님
기다리는 중이고
마을 가운데 선 큰 정자나무는
꼭대기에서 가을 하늘 닮은
색깔로 염색 중이네
가을에 미식객은
가방을 울러메고
능이 맛 송이 향에 홀려
이 산 저 산을 이 잡듯이
뒤지고 있구나

2022. 9. 19.

곡식이 익어가는 들길

맑고 푸른 가을 하늘에 물든
청산의 솔잎도 초록 물감에
목욕하고 나온 듯
그 색깔 진하고 노랗게 잘 익어가는 벼는
가을 운동회를 하는지
부는 가을바람에
파도타기 놀이를 즐기고 있다
사공이 된 메뚜기는
이리 펄쩍 저리 펄쩍 뛰고
뛰는 메뚜기 꽁무니를
사마귀가 쫓고 있네
따뜻한 햇살은 영글어 가는 곡식 위에
내려앉아 뜸을 들이며 시간을 굽고 있다
풀벌레는 숲속에서
부흥회 기도를 하는지 쉼 없고
코스모스는 마을을 오가는
사람들에게 가는 허리를 흔들며
꽃잎 미소로 반갑게 인사하기 바쁘고
마을 길 운동 삼아 왔다 갔다 하는
촌노의 얼굴이 행복하다

2022. 9. 20.

일과 삶

논에 멧돼지가 내려왔다
벼 심은 논에
머드팩장도 만들고
땅 뒤집어 돌 끄집어내어
기차놀이도 즐기고
빨리 달리기 경주도 했는지
골도 지워져 있다
논두렁 밑을 체력단련장으로 알고
엉망진창을 만들어 놓았다
면사무소에도 경찰서에도
법원에도 고발 고소도 못 한다
사람들은 내 소유로
인정해 주지만
고라니, 노루, 멧돼지, 까치는
자기 영토에 내가 침입했다고 할 것이니
누구 말이 맞는지도 모르겠다
하소연할 곳도 없고
들어 줄 이도 없다
초가삼간 불타 들어가듯
내 마음만 타는 것이지
나 혼자 흥분했다가

마음을 삭히고 사태 수습에 나선다
소 잃고 외양간 고친다고
울타리도 하고 경광등도 켜놓고
우여곡절 끝에 추수를 해야 하기에
여름내 방치했던
논두렁 수습에 들어간다
크고 작은 돌 천지삐까리네
일하려고 하니
화도 나고 힘도 들고
신경질도 나고
원망해도 소용없는 일이기에

도 닦는 마음으로
차분하게 그 돌을 주워서
어떻게 처리할까?
고민 중에 돌 치우기에
가장 좋은 방법인 돌탑 쌓기를 한다
모난 돌 작은 돌 큰 돌
뒤죽박죽이지만
내가 이것을 어떻게 맞추는가에 따라
탑의 경고성을 달라지는 것
내가 돌 모양을 바꿀 수 없다

있는 모양을 잘 활용해서
튼튼하게 만드는 것이 현명한 방법
아하 그렇구나!
인생이란 것도
내가 바꿀 수 있는 것은 하나도 없고
다가오는 일
내게 가장 유리하게
잘 적응시켜 가면 되겠네
다가올 일 제멋대로 생긴 돌은 같고
돌탑과 인생은 같고
세상에 헛된 일은 하나도 없구나
일을 통해 오늘도 인생철학 하나를
배우는 하루로구나

2022. 9. 20.

태풍 구름

가을 큰 태풍이 방향을 바꾸어
일본으로 쳐들어가고 태풍 동원령에
소집되어 온 태평양 바다의
큰 구름이 번지수를
잘못 찾아 여기까지
출동했네
구름이 워낙 덩치가 크다 보니
위압감을 느낀다
푸른 하늘에 구름이
바다 위에 떠 있는
큰 군함들처럼
크고 작은 무리를 지어 나타나
친구 따라 강남 왔다
같이 온 친구는
태풍 따라가고 없는데
태평양 물 한 배 싣고 와
목마르고 갈증 난 곳이
어디냐고 물어보는데
홍수 날까 봐
겁부터 난다

2022. 9. 20.

땅벌

풀 속에 토실토실한
알밤이 왁스를 발라 놓은 듯
윤기가 반지르하다
보기에 비해 맛이 당기지 않아
많이 줍고 싶지 않았는데
사람인지라 욕심에 먹든 안 먹든 일단 줍고 본다
한 알 두 알 줍다 보니 포대기가 제법 무거워진다
그래서 욕심이 더 난다 조금 더 많이 줍겠다고
계속 주우러 가는데 뭔가 손등이 따끔하다
싶어 살펴보니 땅벌이다
한두 놈이 아니다
얼른 피한다고 피했는데
가슴, 등, 배, 손등에서
신호를 보내온다
잠깐 동안 독침 많이 맞았네
덩치로 치면 내가 땅벌보다 일억 배는
더 클 것 같은데 맞은 곳마다 부어오르고
아려오네
땅벌 그놈들 참 모질고
다부진 놈인가 보다

2022. 9. 20.

잠은 안 오고

혼자 꾸다 만 사랑꿈처럼
타고 난 재 속에 불꽃처럼
새벽 반달은 중천에
홀로 등을 켜고
밤낚시 가는 어부 모양
노 저어 가고
은빛 금빛 달빛가루 찧어내던
토끼도 안 보인다
물에 풀어 놓은
머리카락처럼
실구름은 푸른 하늘에
무얼 잡을는지 그물을 치고
시간을 기다린다
몇날 며칠이고
밤낮없이 흥청거리던
가을 숲 무도회에서
마음 맞는 짝을 만난
풀벌레는 그들만의
여행을 떠나고
짝 못 만난 청춘들이 남아 부르는
가을 노래는 가슴을 시리게 하고

한숨 자고 나니
잠이 안 와 옥상에 올라 보니
수 많은 집들 속에
드문드문 불 켜진 창안에
나처럼 이렇게 고민 아닌 고민으로
밤잠을 설치는
가을 타는 노인들도 있나보다

2022. 9. 20.

내가 원하는 사랑

사랑은 마음에서 오는 언어
다가오는 사랑은 느낌으로 알지만
서서히 변질되어 가는 사랑도
오고 가는 대화 속에 묻어나는 것
흘러간 강물
다시 뒤돌아 안 보듯이
젊은 날 청춘 안 돌아오듯
한번 등 돌린 사랑의 발길은
다시 돌아오지 않는다네
변심한 마음 되돌리기 어렵고
뻔한 결과이지 알고도 모르는 척
한 발씩 한 발씩
천천히 물러난다
어차피 변할 마음인데
못난 미련 대신
눈치 빠른 약은
사람이 더 나으리라
인생길 가다 보면
비단길 꽃길을 걸어
꽃같이 이쁜 사랑도
만날 수 있을 거야

나에게 주어진 인연 따라
세월 따라가는 인생
길은 멀고도 가까운 것
세상에 어디 외통수 길뿐이더냐
소로길 가다 보면
대로길 나오고
막힌 길 돌아가면
신작로길 나온다
용기 있게 가다 보면
원하는 길 나오는데
무엇 때문에 외길만
주장할 필요가 있을까?
사랑은 마음에서
가슴을 녹여주는
따뜻한 온기
마음에 금고 비밀 열쇠는 사랑!
나는 세상을 사랑하고
사람을 사랑하고 살 거야
사랑만이 감정 없는 마음에
평화와 행복을 준다

2022. 9. 21.

나누는 정

인절미에 콩가루 묻듯
자꾸 어둠은 밤에 콩고물을 묻히고 있다
고요한 밤 홀로 누워있으니
귀에 풀벌레 소리가 들린다
진짜 밖에서 풀벌레가 우는지
노인이 되어 이명이 있어
들리는지 모르겠네
노인이 되어가다 보니
예전에 알지 못하던
일들 하나, 둘씩 배워간다
오늘 밤 아내는 동창회라고 모임 가고
항상 옆에 있던 사람이 없으니
잠이 안 오네
아내가 동창회 끝내고 돌아와
같이 한방차 한잔하며
소소한 하루 일과 이야기를 하면서
마음을 공유하는 밤이네

2022. 9. 22.

알밤 주우러 가는 날

햇살 좋은 가을날
몸도 마음도 깃털 단 새처럼 가볍다
옛날 그림책에 나오던 조선 버들 오형제가
산보다 자기가 키 더 크다고
우기는 골짜기에 알밤 주우러 간다
지난해 먹어 본 경험이 있어 오늘 날 잡고 간다
시냇물 흐르는 개울을 건너려고 하니
터줏대감 개구리는 자기 영역이라고 펄쩍 뛰며 검문검색을 한다
놀란 가슴 진정시키고 산길에 들어서면
억새꽃은 붓을 들고 무슨 그림을 그릴까?
고민 중이고 거미 낚시 그물에 매달린 잠자리 살아보겠다고
젖 먹던 힘까지 동원해 바둥거리는데
거미는 줄 끊어질까 봐 그물 줄 꽉 움켜쥐고
있는 용 없는 용 다 쓴다
힘쓴다고 거미볼이 울그락 붉그락 가쁜 숨을 몰아쉬고
초가지붕만큼 큰 우산을 편 듯
밤나무가 덩치 좋게 서 있다
덩치값 한다고 떨어진 밤알이
멍석에 널어 놓은 대추 같이
쫙 깔려있구나

2022. 9. 22.

인생 이야기

사람들의 삶은 마술이다
신문이나 책에 나오는
절대적인 기술을 가진 사람들도 있고
입소문으로 삼 일 동안 떠돌다 사라지는
이야기도 있다
밤이면 요정들이 별들 사이로 달을 축구공 삼아
공놀이를 즐기고
낮이면 아이들이 구슬치기를 하듯
시간은 태양을 굴러
수많은 인생 이야기 책을 찍어 내어
세월에게 팔고 있는 세상
생각이 지어낸 인간사
마술이 센지
세월이 지어낸 마술의 세상이 더 재미있는지
어느 것이 더 센지 나는 모르겠지만
둘 다 벌이는 쇼는 아리송해
오늘도 그 장단에 웃고 우는 나는
배우인가? 관객인가?
아니면 불어오는 세월을 즐기는
들판의 허수아비인지 나는 모른다

2022. 9. 24.

가을 한량

여름도 아닌데 가을 햇살은
고삐를 바짝 잡아당기고 있다
무 배추밭에 채소는
하늘에 걸린 실구름 보고
잎을 축 늘어뜨린 채 하소연을 한다
가을비 촉촉이 내려
내 꿈 이루게 해 달라고 기도하고
세상사 모든 미련 다 털어버린 밤나무는
빈 지갑 밤송이만 입을 벌린 채 무심히 서 있고
밭둑에 선 감나무는
좋아하는 사람이 생겼는지 연애를 하는지
싱글벙글한 얼굴에 볼이 발그레 물들기 시작한 것이
소녀가 소년을 만났을 때 모습 같고
만날 약속을 잊고 있다가 생각이 났는지
까마귀 한 마리 바쁜 걸음으로 하늘을 날아가고 있다
시골 사는 한량은
오늘 하루 포대기 하나 들고
뒷산에 꿀밤 주우러 가
가을날 하루를
이쁘게 색칠하려고 하네

2022. 9. 24.

가을밤 달빛

밤과 낮은 시간을
반죽해 국수면 같이
긴 인간사 이야기
세상사 이야기를
중국집에서 만드는
자장면 짬뽕 만들 듯
만들어 사람들이
선택의 고민에 빠지게
뽑아내고 있다
난 오늘도
국수 그릇에 올라가는
고명이 되어
하루 일기를 쓴다
체에 고운 밀가루 쳐 나오듯
밤하늘에 고운 달빛가루
쏟아져 어슴새벽에 눈 쌓이듯
수북이 쌓여 있고
귀뚜라미는 밤새도록 쌓인
달빛가루 치우느라
왁자지껄이네

2022. 9. 24.

가을

한밤 자고 나면
하늘은 한 뼘씩 높아지고
구름은 바람살이 차가운지
양털 외투를 입고
하늘에서
기러기랑 데이트를 즐기고
가을 단풍잎의 고운 춤사위가
산사의 범종을 울린다
뒷산 산까치는 홍시가 익어가는
감나무를 오늘도 지키고 있고
이제나저제나 하고 감나무 밑을
지키는 참새는
아이들에게 홍시 맛이 어떤지
설명하느라 신이 난 목소리를 높이고
이름 없는 들꽃은 기다림에 지쳐
부는 가을바람에게
편지를 쓰네
난 지금 너무 외롭다고
이 계절이 다 가기 전에
님 만나보고 싶다고

2022. 9. 28.

만추의 풍경

밤은 깊고 깊어
산속보다 더 깊어지면
차소리 사람소리
흔적 없는 사막 같고
땅에서 올라온 찬 기운이
때가 되어 감을 알리고
고요 속에 달빛이
눈가루 흩날리듯 내려
국화잎에 내려앉으면
하늘에 찬 기운 벌침 맞은 곳에
꽃봉오리 부어오르고
세월의 압력에 어쩔 수 없는 국화는
항복의 껍질을 벗는다
가을 풀벌레들에 사연들을
일자별로 채워 가면
꽉 찬 물고에 물 넘어가듯
한 사연 두 사연 꽃잎으로 피어나
세상을 아름답게 하네
밤, 고구마 삶는 솥 김 새어 나가듯
세월을 녹여 담은
국화의 인고의 향기가

가을날을 녹여 나가면
세상사 귀찮아 관심 없는 늙은 벌 나비
코끝이 벌렁벌렁해진 심장에
나도 모르게 마지막 소원
금강산 유람 가듯
벌떡 일어나 꽃잎으로 모여들어
이 세상에서 벌리는 마지막 잔치판
눈물로 헤어짐에 일기장을 쓰고
다음 세상에서 오늘처럼 예쁜 모습으로
이별의 슬픔 없는
세상에 다시 모여
만남의 기쁨을 즐기자고
손가락 걸고 맹세를 하네

2022. 9. 26.

내가 행복한 이유

바람에 꽃향기 흔들리듯이
그대가 내게 하는 전화통화가
내 마음을 흔들어놓네
인연은 그대와 내 가슴에 다리를 놓고 사랑의 요정이
그대와 내 가슴을 왔다 갔다 하며 사랑에 씨앗을 심어요
별빛이 사랑하는 밤
햇빛이 사랑하는 꽃
내가 사랑하는 너
나는 너를 사랑합니다
당신의 웃음소리는 나를 행복하게 하고
그대가 나를 향한 태양 같은 관심은
내 마음에 말뚝이 되어 그대 사랑 붙잡아놓네
시간은 세월을 쌓고 나뭇잎은 낙엽을 쌓듯
그대 마음이 내 마음에 사랑을 쌓네 행복이 무엇이냐?
그대 사랑받는 내 마음이지
내 마음 당신 마음 하나 되어
딴 마음이 없을 때 행복의 웃음소리가
하늘을 넘어가고 사랑은 행복을 싣고
내 마음 싣고 인생길 날아가네
그래서 오늘 나는 그대 있어 행복합니다

2022. 9. 26.

내가 살아가는 방법

고독이 나를 찾을 때 난 술 한잔을 찾고
술이 나를 찾을 때 나를 알아주는 친구를 찾는다
친구와 술 한잔은 서로 마음의 무거운 인생고민
반쯤 나누어 가지게 되고
삶의 피로감도 반쯤 사라진다
외로움이 나를 찾을 때 혼자라는 무게가
풀잎에 이슬만큼 무거워질 때
오랫동안 묵혀둔 책 속에서
마음에 맞는 번지수를 찾아
그 책 속에 반쯤 내 마음을 저장하면
햇살 쪼인 풀잎처럼 내 마음도 가벼워진다
사랑이 그리울 때 가족을 찾는다
마음에 지진이 가라앉을 때까지 방황은 시작되고
방황의 끝은 가족 품에서 따뜻한 위로로 녹아난다
내가 살고 있는 주변 사람 울타리는 항구와 같은 것
인생 항해가 피곤하고 재충전이 필요할 때
그들이 나를 품어주고
용기와 기운이 내 몸을 뚫고 나올 때
나는 내 갈 길을 가기 위해
비상의 날개를 편다

2022. 9. 27.

마음의 병 해결법

고독이 내 마음을 갉아먹고
외로움이 내 마음을 흔들어 대고
골치 아픈 주변 일들이 나를 뜯어 먹으러 올 때
올가미에 걸린 짐승처럼 뭔가 해 보려고
발버둥 치지 말고 고민이 물어 떼든
악어가 물어 떼든 외로움이 굴을 파든
주위에 인간들이 내 밑을 삽질하든
무시하고 나는 그냥 가만히 앉아
눈도 뜨지 말고 호흡은 최대한 천천히
아무 생각 없이 그냥 조용히 숨만 쉬고 있으면
나를 괴롭히는 주변 마음 괴로움에
물질들은 나의 느린 호흡에 모두 다 녹아 없어지고 만다
마음의 문제는 올가미라서 버둥댈수록 저항할수록
거세지니 남의 일인 양 생각하고 그 고통 모질게 다가와도
내가 응수 안 하면 강 건너 불구경일세
남이 나를 욕할 때 니 말이 맞다
상대를 무시한 이 한마디에 상대의 분노도
나의 빠른 심장 뜀도 없이 평온하게 지나간다
마음의 문제는 문제를 삼지 않으면
문제 될 것이 하나도 없다

2022. 9. 27.

도토리와 욕심

솔향기 바람 내음 가을 산을 오른다
참나무 숲길을 지나려 하니
윤기 나고 싱싱한 도토리가
길가에 지천으로 널려있다
처음에는 재미 삼아 한 톨 두 톨
줍다 보니 욕심이 생겨
아예 줍기로 한다
떨어진 도토리 따라
오르다 보니 어느덧 산 정상
황매산에 걸린 저녁 햇살이
나뭇가지로 그리는 숲속의 풍경화는
동영상처럼 변화의 재미가 있다
산 정상에서 마시는 한 잔의 물은 천하 일미이고
피곤한 몸 힘이 나게 한다
도토리 자루가 무거워질수록
욕심도 커가고 그 욕심이 푸대에
꽉 차 힘에 부치면 욕심을 내려놓는다
채워도 채워지지 않는 욕심은 기력이 다 하면
절로 사라지는 것 삶의 심장이
욕심이란 걸 알았네

2022. 9. 28.

가을 마당

곱게 물든 단풍잎은
세상사 이야기를 담은 채
선비 글 읽는 소리 같이
품격있게 하늘을 나르고
여름내 좀 더 멀리 날기 위해
기를 쓰던 박주가리는
나무 꼭대기까지 기어오르더니
큰 씨방을 벌리고 좋은 날
이쁜 바람이 불 때
하얀 날개를 단 씨앗을 하늘 높이
멀리 멀리 좋은 곳까지 날아가려고
하얀 깃털을 세우고 천기를 살피네
농부의 가을걷이에
바쁜 뒷걸음 따라
참새 두 마리 졸졸 따라가며
가을 알곡 한 톨 두 톨
알뜰살뜰 모으고
새 깃털 옷 갈아 입혔다고
장닭은 동네방네
자랑질이 한창이네

2022. 9. 30.

이별이란 것

이미 각오한 이별이라서
헤어짐이 마음 안 아플 줄 알았다
지는 석양빛이 늘상
아름답게 지는 까닭은
무슨 의미를 둘까?
지는 꽃잎이 더 애절하다
헤어짐에 아픈 마음 눈물로 채우고
이별을 앞둔 너를 바라보니
귀에 못이 박이도록
들어 온 이야기가 실감 난다
숲에서 우는
낮은음의 풀벌레 소리는
울음일까?
노래일까?
발아래 떨어진 코스모스꽃잎은
무슨 말을 하고 싶을까?
촌 노인의 긴 장죽에서 품어 나오는
저 실연기는 무슨 마음이 녹아
연기되어 흩어지나?

2022. 9. 30.

산책길

어두운 가을 밤하늘
강물은 어제처럼 흘러가고
풀숲에서 풀벌레도
어제 노래하던
그 벌레인지 모르겠지만
노래는 그 곡조다
세상은 적막강산인데
초승달은 이쁘게 눈썹을 그리고
님 데이트 갔는지
눈 깜짝할 새 없어지고
연지곤지 찍은 별빛만
밤하늘에 그림이 되네
활주로 비행기 유도등같이
산책길 따라
쭉 늘어선 가로등 따라
하루 일을 마치고
저녁 마실 나온 사람들이
밀린 하고 싶은 말들을 나누며
하루 일 끝 매듭을 지어가네

2022. 9. 30.

진실한 사랑

오늘 하루도 아무 생각 없이 살지만
가는 세월은 시간을 재고
시간은 인생의 기록을 남기네
시도 때도 없이 부는 바람은
아무 의미도 없을 것 같아도
새 소식 전해주고
묵은 소식 가져가네
오고 가는 발걸음
아무 의미도 없을 것 같지만
만남을 만들어 주고
주고받는 대화 속에 생각은
마음과 마음에 다리를 놓고
오고 가는 인연은
사랑에 씨앗을 심는다 하고
심는다고 모두 다 낙락장송이 되나
정성과 노력이 들어가야
꿈을 이루지
정성 없는 양다리는
허공에 뜬 허수아비일 뿐
결과는 아무것도 얻지 못한다네

2022. 10. 2.

가족 사랑

고향에 달빛 실은 열차는
마라톤 선수가 결승점에 도착하듯이
가쁜 숨을 토해내고
잘 달구어진 후라이팬에 팝콘 튀듯
각양각색의 옷을 입은
승객들이 남녀노소 할 것 없이 우르르 쏟아져 나온다
젊은이는 꿈을 찾아서 노인들은 아들, 딸, 손주, 손녀를
찾아서 올라온 것 같네
아마도 저 큰 가방 안에는 여름 땡볕 아래 잘 자라
올가을에 추수한 밤, 감, 대추, 도토리묵이며
풍성한 고향의 맛을 가진 귀한 것을 자식에게 먹여보겠다고
챙긴 부모님의 정성이 꽉 찬 땀과 노력의 보따리겠지
제비새끼에게 먹이 물어 먹이듯이
부모 정을 물어 먹이는구나
저녁별은 하늘에서 반짝이고 가로등은 땅에서 빛나는데
역에 마중 나온 삼대의 상봉은
내 마음을 가슴속으로부터 뭉클하게 하는구나
부모, 자식, 손자, 손녀의 가슴에 오고 가는 정은
저 하늘에 별빛 땅을 비추는 가로등불보다
더 내 가슴을 밝힌다

2022. 10. 2.

일과 후 인생

바쁜 걸음으로 시작한 하루
후라이팬 콩 볶이듯이 바쁜 하루
어찌 시간이 갔는지 모르겠지만 땅거미는 짙어지고
시계가 정해 놓은 곳까지 도착하면
하루 일과를 마친 인생들이
하나, 둘 퇴근을 시작한다
화려한 조명에 간판들은
물 만난 고기처럼 현란한 솜씨로
길 따라 흘러오고 가는 행인들을
골라 기차게 필요한 것들만 낚아 올린다
마음이 허하고 외롭고
불만족한 사람은 술집으로
배고픈 사람은 식당으로 가고
가족이 기다리는 사람들은 집으로 간다
식당으로 간 사람은 배 채운 양에 따라
맛으로 평가하고
술집으로 간 이는
술병의 개수로 감정을 평가하고
집으로 간 이는 웃음과 대화로
가족 간에 애정과 신뢰를 평가하네

2022. 10. 2.

욕심

가을바람이 찬 기운만 실어 놓고
싫다 좋다 말 한마디 없이 행하니 사라지고
풀벌레가 흥에 겨워
부르는 노랫가락소리는 완전히 가수이고
반딧불이는 음을 타는지 몸놀림이 가볍다
일찍 하루 일 나온 반달은
나머지 반쪽을 무엇으로 채울까?
채웠다 비웠다
달마다 매번 하는 일이라
욕심 말고는
어느 것도 채웠다 비웠다를
반복 못 할 것 같네
하루 잘 놀았다고
손주 녀석들 목욕 끝내고
방긋 웃는 모습으로
잠자리 눕는 걸 보니
오늘 밤 꿈속에서도
소꿉장난 놀이로
기분 좋은 꿈을
꿀 것 같네

2022. 10. 2.

가을비

별빛도 달빛도 없는 밤에 구름이 모여들어
회의를 하더니 아침부터 가을비가 내린다
가을걷이에 애타는 농심이지만
워낙 가물어 비가 흠뻑 내려
대지가 촉촉이 젖었으면 좋겠다
세월이 흘러 가을이 왔다고 성숙되어가는 감은
주황색으로 물들어 어른 티가 나고
가을비에 세수를 하고 나니 인물이 훤하다
산 까치 그 예쁨에 유혹되어
오다가다 하루에도 몇 번이나
눈도장 찍고 가네
타는 목마름에 한숨 돌린 나뭇잎은
단풍잎으로 물들어 가겠네
가을걷이로 허리 한 번 제대로 펴고 쉬지 못한
촌 노인네들 오늘은 방에 군불 넣고
따뜻한 방바닥에 허리 붙이고
아픈 허리 가을 빗소리 자장가 삼아
낮잠 한 번 즐기겠네

2022. 10. 3.

가을비 오는 아침

옥상에 올라가 출근하는 아침거리를 구경한다
판넬 지붕 아래서 듣는 가을비 소리는
작은 방울이 떨어져도
큰 놈이 온 것처럼 요란하다
비가 오나 눈이 오나 일개미 일 나가듯
직장인도 마른 날이나 궂은 날이나
정해진 기계 부속품처럼 출근해야 한다
차는 차대로 사람은 사람대로 바쁜데
가을비 오는 거리에
꽃보다 더 이쁜 여인 하나가
멋진 원피스에 빨간 우산을
쓰고 가는데 거리의 꽃이다
우산에 부딪히는 빗방울 소리는
박수를 치듯 불꽃놀이 축포 터지듯
사방으로 튀어가고 높은 구두 밑으로
빗물이 요령 좋게 흘러간다
아마도 오늘은 누구에게 잘 보이고 싶은
정성이 든 옷맵시다
남의 일이지만 원하는 일 잘되어
모두가 행복했으면 좋겠네

2022. 10. 4.

아침 이슬

어제와 같은 곡조 타령으로
새벽닭의 하루 일과는 시작되고
꽃잎 속에서 행복한 꿈을 꾸던 이슬
풀잎에 매달려 밤새도록
그네 타기를 즐기던 이슬
우짜다 운 없어 밤새도록
거미줄에 걸린 채 고생하던 이슬도
잘 익은 감볼에서 아침해가 떠오르면
햇살은 부챗살보다
더 촘촘한 구원의 밧줄이 되어
땅에 내리면
이슬은 밧줄을 타고
시간 여행을 떠난다
이른 아침 들길에 이슬 젖은 발자국
우리 아버지 들로 나아가
돌아올 길 표시한 발자국인가 보다

2022. 10. 4.

내가 원하는 사랑

이별이란 말 대신에
안녕이라고 말하고 싶다
거친 표현 성의 없는 관심보다
내 마음에 작은 나무 하나
심어주는 사람을 원한다
밤낮으로 대화하고
서로에게 의지할 수 있는
그런 관계가 되고 싶다
참새도 해가 지면
돌아가 쉴 집이 있고
마음도 주고받는 온기가 있다
너에 대한 수많은 상상으로
머릿속은 복잡하고
마음은 불만으로 하나 둘 쌓여
임계치에 도달해 가면
얼마나 불편한가
하나도 행복하지 않은
사랑은 싫어라
물결도 갈 곳이 있고
흘러가는 구름도
비 내리고 싶은 곳이 있는데

사랑이란 것도 번지수가 있어
살기 좋은 곳 행복한 마음에
정착하는데
그 사랑이 이 마음에 살기가 불편한가 봐
바람이 잠시 부비고 가도
인연이 생기고
벌, 나비 꽃잎에 잠시 쉬었다 가도
아름다운 인연으로 씨앗 맺는데
어설픈 우리 만남은 결국 이별로 가는 것
그래, 잘 가거라 행복해라
난 언덕에 선 민들레 하얀 홀씨 바람 기다리듯
나 역시 너를 잊고 인연이 오고 가는
거리에 서서 내 마음 알아주는
사람과 함께 가슴과 마음에
나무 하나 심어
같이 오랫동안 잘 키울
부드럽고 친절한 사람
만나 볼란다

2022. 10. 4.

이맘때쯤이면 생각나는 사람

가을비가 내 창가에 그린 그림
너를 닮은 초상화인 것 같기도 하고
이 생각 저 생각에 잠긴
내 모습 같기도 하다
틈날 때마다 문득 너 생각에
마음은 천리 만리 아득한 길을 달려간다
들국화 동네에 꽃이 활짝 피었다
한눈에 이쁨으로 확 들어오고
바람을 타고 흥에 겨워
탱고에서 블루스로 춤곡이 바뀌고
단풍잎은 귓속말로 뭐라 뭐라 속삭이더니
들국화 품속으로 숨어들고
술래잡이 바람은 숨어든 단풍잎 찾겠다고
그 꽃 흔들어 대면 그 향기 가루에
가을 벌판 물들어 번져가고
허수아비 할배 한 잔 먹을 때
추는 어깨춤이 덩실덩실 추는 날
나는 수첩을 찾아 너의 전화번호를 찾는다

2022. 10. 10.

홍시

가을날 아침 참새 두 마리
무슨 말을 하는지 속닥 숙닥 거린다
집안에 좋은 일이 있었나 보다
농심에 기운이 하늘에까지 미쳤는지
햇살은 농부들 가을걷이 하라고
구름을 열심히 퍼내고 있다
세상살이 아무런 미련이 없는지
감나무에 매달린 이쁜 홍시가 오도송을 읊으며
땅에 떨어지니 그 맛 즐기겠다고
벌, 나비 달려들고 개미도 한몫 챙기겠다고
둘러메고 지고 안고 집으로 부지런히 나르고
그 모습 바라보던 까치도 구미가 땡겼는지
빈자리 찾아들고 할배도 생각이 났는지
감 따는 장대 찾아 두리번 두리번 왔다 갔다
반복하는 걸 보니 작년에 따 먹고 어디 둔지 몰라
찾아다니나 보다 추수 끝난 빈 논에 서있는
허수아비 할배 할 일이 없나 하고
심심한지 날아가는 참새 보고
쉬어가라고
손짓하네

2022. 10. 6.

인 내

이슬 맺힌 풀잎 끝에서
풀벌레 한 마리가 울고 있네 몸이 아픈 걸까?
이별을 앞에 둔 서러움의 표현일까?
부는 가을바람
구름 낀 하늘
떨어지는 낙엽
이 모든 것들은 사람을 위축시키고
힘 빠지게 한다
용기를 가져야 힘이 나고
욕심이 생겨야 의욕이 생겨 살 재미가 생기지
힘을 내야 힘이 난다
가벼운 주머니에 얇은 지갑이지만
오늘도 희망을 가지고
열심히 일하다 보면 좋은 날도 올 거야
누구나 어려운 시기 눈물 나는 고개가 있다
이 고개 넘고 나면 수월한 길 나온다
입 벌리면 불평불만만 쏟아지고
입 꾹 다물면 인내심이 생기고
어려운 시간 견뎌 내면
내가 원하는 세상이 온다

2022. 10. 7.

가을 아침

가을밤 하늘에 북극성이 중심을 잡고
훈련대장같이 멋있게 폼 잡은 북두칠성이
눈에 띄게 반짝인다
뭇별들은 잘 훈련된 이등병 눈매같이 초롱초롱
등불을 걸어 놓은 듯이 빛난다
훈련 때 흘린 고된 땀과 눈물이
풀잎에 참 이슬로 맺히고
그 근엄함에 풀벌레들의
흥청망청거리는 노랫소리마저 끊겼다
야간 당직을 선 장닭이 기운차게 새벽을 알린다
그 소리에 세상을 살만큼 산 눈치 빠른 할배
오늘도 할배는 새벽잠이 없는지 부지런한 건지
나이만큼 오래된 자전거를 타고 가는데
자전거는 팔다리 아프다고
걸을 때마다 삐그덕거리고
그 소리에 나도 일어나와
간밤에 별일 없나 하고
마당을 순찰하니 우리 집 경비대장
밤새 이상 무라고 꼬리를 살랑살랑 흔들어 대는
평온한 아침이네

2022. 10. 8.

건강과 희망

청춘별이 못다 그린 꿈은
밤비 되어 내린다
소리 없이 사브작 사브작 내리는 걸 보니
아마도 밤을 지새울 것 같고
사연 많은 사람들 마음으로 따라 울겠다
가마솥 아궁이에
타오르는 장작의 못다 버린 미련은
연기로 긴 한숨을 토하고
가마솥에 끓는 물은 애간장이 다 녹아
수증기로 사라지며 하는 말이
세상사 참 덧없다 하네
잠 안 오는 노인네 밤 등불 켜놓고 마늘씨 까며
내년에 살런지 죽을지도 모르는데
내년을 준비하는 늙은 농부의 손길에는
아직도 삶의 희망이 남아 있나 보네
인생길 욕심에 안고 지고 업고 가다
지치다 보면 하나씩 다 버리고
부귀영화도 소용없고 마지막 소원은
건강과 희망이 큰 재산이고
삶에 의미가 있는 것이라네

2022. 10. 9.

제멋에 산다

어제는 온종일 비가 떠나간 님 생각 날 만큼
가늘고 길게 내렸다
비 온 후 기습 한파라더니 홍수 떠밀려오듯
찬바람이 나뭇잎을 타고
우르륵 쏟아져 들어 온다
찬바람은 창문 틈을 파고 들고
냉기는 내 품속에 안긴다
봄비는 온기를 재촉해 오고
가을비는 추위를 재촉한다더니
미리 단풍잎을 준비 못 한
나무들 간밤에 다리가 떨리도록 추웠겠다
하늘에 가을 운동회가 열렸는지
흰 구름이 동서로 길게 놓이고
음력 구월 보름달은 서산마루에 서서 줄 잡고
북쪽에는 찬 기운이 줄 잡고서 줄 당기기를 하는데
심판은 누가 보나 말려 줄 심판 없는 싱거운 경기에
결국 구름줄은 끊어지고 그들은 아무 일 없다는 듯이
끊어진 줄을 당기며
제각각 승리의 노래를 부르며
제 갈 길을 가네

2022. 10. 10.

희망찬 아침

황금빛 아침 햇살은
노다지를 마구 쏟아내고
일찌감치 한몫 챙긴 강물은
물안개 등에 한짐 가득 실어
벌써 산으로 기어오르고
사람들 들로 나오기 전에
콩이며 들깨며 나락이며
입맛대로 미리 아침 잘 챙겨 먹은 비둘기 두 마리
오늘은 조 맞추어 원정 데이트 갈런지
햇살 따뜻한 전깃줄에 깃털 고르며
신나게 즐길 데이트 상상에 구구 노래까지 부른다
남쪽으로 난 창 아래 노란 국화꽃이 입을 열려고 한다
노란 국화꽃이 꽃단장 몸단장 끝내고 외출 준비 한창인데
언니 데이트 간다고 동생들도 덩달아
따라나서겠다고 서둘러 몸단장에
열 올려도 고물이 덜 차 아직은
시간이 더 필요한 것 같고
아침 참새는 나보고 백수 아저씨
커피 한잔하자며
말을 건네는 희망찬 아침이네

2022. 10. 12.

추 수

아침 햇살은
따사롭게 쏟아지고
밤을 지샌 참새의 수다소리는
가을 하늘을 메워간다
하나, 둘 들판 곡식은
곳간으로 털려 들어가고
들판은 한 칸씩 비워간다
곳간에 곡식이
하나, 둘 쌓일 때마다
농부의 인심도 쌓여간다
막걸리 한 사발에 나누는 정도
가을날 한 나절의 멋이겠지
꿀밤 묵 한 그릇에
오고 가는 이웃 정
이게 사람 사는 재미 아니던가?
오늘도 기분 좋은 하루

2022. 10. 14.

야속한 사람

밤사이 거미는 거미줄을 열심히 친다
거미줄을 타고
밤이슬이 건너다니며 놀라고
다리를 놓고
개구쟁이 이슬은 밤새도록
줄타기 놀이를 즐긴다
여름내 사랑 아픔으로
가슴 아파하던 나뭇잎도
마음에 병이 깊어져
아픈 마음 둘 곳 없어
가슴에 맺힌 마음 한이 되어
단풍잎으로 예쁜 마음
짙어 질대로 짙어져
가을날 한때 아름다움으로
시간을 장식하네
하나, 둘 바람에 몸 실어
눈물의 시를 읊으며
자기 갈 곳을 찾아
소리 없이 떠나가고 있다
가을 찬 바람 냉기가
이불 속까지 파고들 때

사랑 타령 풀벌레 소리도
오일장 파장 장터처럼
썰렁하게 들리고
주고받는 대화 없이
혼자 노래 부르는 노래는
관심 주는 이조차 없어
처량하기 그지 없는 것 같고
무심한 달빛은 거울이 되어
세상사 모든 일 다 비추어 들여다보네
하늘에 저 달빛같이
그대 마음도 달빛이 되어
그대 향한 내 마음
훤히 다 들여다보면
내 진심 다 알고
날 사랑해 줄 텐데
내 마음 몰라주는 그대는
밉고도 야속한 사람

2022. 10. 14.

투자

바람이 분다
소문이 난다
세상사 모두 다 쓸고 갈
쓰나미가 밀려온다
그 소문에 한몫 잡을 거라고
날아든 나는 불나방
복잡한 환란 피난 갈 거라고
돛대 높이 올리고
멀리 멀리 도망가서 살아보겠다고
피난 가서 뒤돌아보니
세상은 멀쩡하게 그 자리 그대로
아무 일 없이 서 있고
팔랑귀 내 마음이 만들어 낸
엉뚱한 상상에
북 치고 장구 친 세상놀이
원래의 자리로 돌아가기 위해
얼마나 노력해야 할까?
지름길이 벼랑길이 된 현실
진흙 벽 힘써 오르다
올라서려 하면
또 미끄러져 밑바닥

어제도 오늘도 작년도 올해도
오르다 미끄러져 제자리 맴도는
되돌이표 현실
단 하나 희망에
밧줄이 구해 줄 거라는
막연한 미련의 약속 때문에
허우적거리는 노다지 캐는 춤을
오늘도 추고 있다
개척자라고 불러야 하나
아니면 헛다리에 명수
허수아비로 봐야 하나
모르고 사는 것이
인생의 재미라지만
이런 극대극은 너무 해
오늘도 된다, 안 된다
두 수싸움을 놓고
홀짝을 즐기는 나는
잘난 삶일까?
못난 삶일까?
내일은 아무도 모르니까

2022. 10. 14.

인간 욕심

가을 햇살은 곡식 말리기 좋게
마당을 가득 채우고
열어 놓은 창 너머로
참새들 속닥거리는 재미나는 이야기 소리에
귀가 솔깃해지고 뭔 말하나 하고
귀 기울어 듣는다
참새 이야기 소리에 나도 마음이 들떠
마음이 중심을 잃고 우왕좌왕하는데
들판에 가을걷이 하는 기계음 소리가
여기서도 저기서도 가쁜 숨 몰아쉬고
내 마음을 뜀박질 시킨다
어설픈 농부도 남들 일하는
들판으로 일하러 들로 가야 하나
마음 한구석에 살짝 놀러 가고 싶은
마음도 불을 때운다
단풍이 곱게 물들어 오는 산으로
가고픈 유혹이 가슴 밑바닥에 흐르고
일하기 싫어서인지
산에 가고픈 마음이 센지
결정 못 한 우유부단한 모습이
커피 한 잔을 태워놓고

구수한 그 향기에 몰입해
홀짝 홀짝 마셔봐도
결정은 어려운 것
노후에 여유를 즐기며
하고 싶은 일 하고 산다고 했건만
현실과 내일에 미래는
들로 일하러 가는데 투표를 하고
속마음과 반대로 들로 간다
아이고!
밥 먹고 사는 인간인지라
남들처럼 보통 사람들 인생길 택하는 걸 보니
욕심에 몸에 무리가 가도
호미자루 삽자루에 힘이 들어가는구나
칠십 팔십을 먹어도
신선이 못 되고
인간으로 남을 수밖에 없는
인간의 욕심아!
아무리 장수해도
인간 역사 속에 신선이 되었다는
인간은 없다고 했지

2022. 10. 17.

재미있게 살자

오늘 밤에 하늘에 홍수가 났는지
은하수 강물이 넘쳐흐른다
님 기다리는 집으로 가는 반달은
은하수 강 어떻게 건너갈까?
달빛 어슴한 숲속에서
고라니 한 마리 큰 소리로 울고 있다
님 그리워 님 부르는 소리인지
귀갓길 늦은 자식 찾는
소리인지 모르겠다만
듣는 사람 마음 짠하다
은하수 못 건너간
달의 딱한 사연에
강물은 물안개를 피워 올려
다리를 놓고
하늘과 땅이 상부상조하는 모습
참 보기 좋다
이래서 날이 새도 할 일이 있고
밤이 어두워도 생각이 있어
오늘이 세상 마지막 날인 것처럼 보여도
내일은 또 오고
오늘이 힘들어 죽을 것 같아도

내일은 또다시 온다
내일은 오늘과 다른 새로운 판을 짤 수 있다
그러니 힘들면 쉬어 가고
그렇게 인생 끝나는 날까지 살아보세
인생 삶 잘난 삶이나 못난 삶이나
저울에 달아보면
눈금 하나 안 틀리고
똑같은 삶일세
하나를 얻으면
하나를 잃는 것이 세상 이치
모두 다 가질 수 없는 것이
세상사
부귀영화가 행복인 줄 알아도

사실은 내 마음속에 행복이 있다네
세월은 오고도 가는 시간이지만
그 시간 속에 나름대로 즐길 일도 많다네
인생의 행복은 부귀 귀천에 있는 것이 아니고
마음속에 있다네
그러니 남부러워 하지 말고
내 인생 멋지게 재미있게 살아보세

2022. 10. 16.

노인네 넋두리

농사일 고단한 몸
안 아픈 곳이 없네
오래 살아서 그런 줄 알았는데
노동일반!
흘러간 세월이 반 반이네
이럴 때는 누가 과실 보험 처리해주나
세상살이 힘들어 나이 먹어서 내 앞가림 못하면
농기계 폐품처리 하듯 요양원에 보내져 중고 수리도 안 되면
폐기처분 될 건데 그 사실 알면서도 나는 안 그래야겠다고
다짐해도 남들처럼 그 나이에
딱 맞게 그 길을 간다
결국 폐품 재생공장 사장님
염라대왕이 헐값에 사 갈 건데
그 사실 알고도 왜 모르는 척하며 살까?
망각의 동물 인간일까?
에이그 나도 몰라 똑똑하기가 만물에 영장인데
어리석기 또한 세상에 둘도 없는 챔피언이네
아이고 몰라 되는대로 살아
그게 행복이라 믿고 운명이라 믿자
그래야 행복해 지니까

2022. 10. 17.

가을날 강 풍경

늦은 시월 가을날 오후 햇살 따뜻한 조명 아래
강 옆 하얀 갈대꽃이 제비춤 선생 울고 갈 만큼
능숙하게 박자 맞는 스텝을 밟고
흥이 나 이쁜 춤을 춘다
천하무적 콤바인 무사가
콧노래 불러가며 스치고 지나간 칼날에
나락논은 금세 허허벌판으로 변하고 추수 끝난 빈 논엔
멍하니 서 있는 메뚜기 갑자기 삶의 터전을 잃어버리고
망연자실 우왕좌왕 어떻게 살까?
메뚜기 상소문은 하늘에 닿고 가을에 통통이 살찐 미꾸라지
강물을 거슬러 유유히 낭만을 즐기고
산에서 모난돌이 떠내려 와 이리 밀리고 저리 밀리고
자리 잡고 산 지 수백 년 세월에
치이고 수천 년 물살에 깎이고
냇물에 닳고 닳아 겨우 터 잡고 사는
돌 자갈이 되어 냇물이 노래하는 길목에서 피리를 분다
관객 왜가리는 물 가운데 서서 가을이 벌리는 음악회를
즐기는지 고기잡이를 즐기는지 모르겠지만
석양빛이 냇물을 물들일 때까지
그냥 그대로 그 자리에 서있네

2022. 10. 18.

사랑이 오면

나뭇잎 풀잎은 세월의 무게를 싣고
찬이슬과 달빛 별빛이 묻어
단풍잎이 되어
가을날 한때를 사람들 마음을
화가로 만든다
그대와 내가 다정히 주고받는
대화 속에 정이 묻어 쌓이면
그대의 밝은 미소가
성냥불이 되어
사랑이 봄빛 들길에
잔디 타오르듯
온몸으로 소리 없이 번지고요
청산에 뻐꾸기 메아리 소리
온 들판에 시인의 노래로
젖어들 듯 내리면
행복은 사랑비 되어
메마른 그대 가슴에
내 가슴에 훈훈히
밤새도록 흠뻑 적셔주네

2022. 10. 18.

농부의 변명

가을빛 아침 햇살이 게으른 농부
일 안 나간다고 연신 눈총을 날리고
해가 밝아질수록
좌불안석이 되어 굼벵이 구르듯
느리게 몸을 움직인다
환갑이 지나도록
부려 먹은 몸이다 보니
낡은 기계 작동하려고 하면
준비 운동이 필요한 것
자의 반 타의 반으로 들로 나선다
언덕 넘어 강물은 밤새도록 곰국을 끓이는지
물안개가 증기 기관차 수증기처럼
힘차게 산으로 단풍구경 나서네
나도 삽자루 내 던지고
단풍잎 배 노 저어오는 강가에 앉아
살이 오를 잉어나 붕어나 낚아 올려
매운탕 끓어 놓고
저녁에 벗이랑 소주 한잔하며
이십 대 청춘 시절 이야기로
하룻밤 낭만을 회상하고 싶어라

2022. 10. 19.

남들처럼

직장을 은퇴 후 자유를 즐기겠다고
동서남북 사방팔방을
김삿갓 여행 가듯 돌아다니며
세월이 오는지 가는지도 모르고
보낸 그 세월 몇 년을 보내고 나니
이젠 이 일도 싫증 나고
남들 일해 돈 버는 모습 보니
나도 원초적인 욕심이 발동한다
다른 욕심은 나이 탓에
이루지 못할 꿈이 되었고
마지막으로 할 수 있는 것은
재물 욕심은 가질 수 있어
일 욕심이 난다
남들이 양파, 마늘 심길래
소 가는데 말은 못 갈까? 싶어
시작한 일 열심히 하다 보니
재미도 있고 목표도 생기고
욕심이 하늘을 덮는다
저녁을 먹고 자리에 누우면
이 길이 저승인지 이승인지
나도 모른다

새벽에 눈 뜨면 몸은 고달퍼도
일터로 가고 싶은 마음은
무슨 조화일꼬
늙으면 노탐이 생긴다는
옛말 틀린 것 하나 없네
나는 그렇게 안 산다고 단언했는데
심심해서 하다 보니
거짓말이 되어 버렸네
사람 참 막말할 것 못 되네
나이 먹어 보니
나이 먹고도 열심히 일하며
사는 노년이 부럽더라
왜냐하면 건강해야 일 할 수 있으니까

2022. 10. 19.

첫 추위 오던 날

찬 기운이 몸 좀 녹이고 가자고
이른 새벽에 창문을 노크하고
앞집 지붕 위에 하얀 서리는
겨울 그림을 예쁘게도 그렸네
동장군의 기세 높은 물결은
세상을 휩쓸고 세상을 바꾼다
찬 기운이 머뭇거리는 가을 길을
양몰이 하듯 재촉하고 있다
올해 때를 못 맞춘 국화꽃은
꽃봉오리 꽃잎도 피기 전에
겨울 추위가 와 시련의 노래를 부르겠네
풀벌레도 참새도 보일러 방에 배 깔고 누워
따뜻한 온기의 행복함을 즐기고 있는지
대문 밖에 얼굴 볼 수가 없네
첫 서리가 내리는 날 풀잎은 온다 간다 말 한마디 없이
허무하게 무너지고 핵폭탄 맞은 도시처럼
황량하기 그지 없고 첫 추위라서 그런지 그 느낌은 너무
찐하게 다가온다 나이를 먹고 보니 부는 바람마저 싫다
나도 창밖에 참새가 들에 일 가자고 부를 때까지 따뜻함에
행복을 느껴 볼란다

2022. 10. 20.

가을날의 회상

나뭇잎이 단풍잎으로 한 해 마감을 알리고
찬바람에 감 볼은 더욱더 매혹적으로 물들어 가는
시월 말 어느 날 오후
농부랑 농기계가 동업해
가을 추수에 호흡이 천상궁합이로구나
점심 먹고 난 가을 하늘은
푸른 색깔이 마음에 안 들었는지
하얀 색깔로 칠하더니 칠쟁이 오늘은 까다롭다
그래도 마음에 안 들었는지
찐한 회색으로 덧칠하고
덧칠한 키 작은 구름은
농부의 눈치를 슬금슬금 본다
추수 막 끝난 논바닥에 뭐 먹을 것 없나 하고
까치 비둘기 참새까지 모여들어
부지런히 알곡을 주워 집으로 나르고
첫사랑에 느낌 같이 감흥이 좋은
주황색의 고운 빛깔의 감이
열심히 가을걷이 하는 내 마음을 부른다
나이 먹은 가슴에 싱숭생숭한 마음은
무슨 까닭일까?

2022. 10. 21.

숙명

한숨 자고 일어나니
날짜는 바뀌어
다음 날 새벽 두 시 반이다
밤안개는
밤새 인연을 찾아 떠돌다
판넬 지붕을 만나
이야기가 잘 되었는지
물방울이 되어
새벽 하늘을
깨침의 소리로 떨어지고
환갑을 넘기고 나니
잠 안 오는 고요한 밤이면
의문이 생긴다
무신론자나 유신론자나
확실히 인정하는 것은
모든 생물은 죽는다
정답은 일치하는데
그다음 문제는 인간 모두에게
숙제로 남겼다
나도 인간인지라
가끔 숙명의 문제풀이를

나도 모르게 들고 앉아 풀어보면
삶이 무엇인지
인생이 무엇인지
쌀에 돌 가려내듯
이것 저것 생각을 주워내어 보지만
가만히 눈감고 시간이 조금
더 흐르자 본론은 어디 가고
이쁜 꽃을 본 벌 나비 달려들 듯
온갖 잡념이 홍수 때 물건 떠내려오듯
잡념이 쓸고 들어와
마음을 채웠다 비웠다를
새벽닭이 울 때까지
강물이 흘러가듯 이어간다

2022. 10. 22.

첫 서리 오는 날

어제 전날은 구름이 가을비 되어
하늘과 땅과 대화를 하더니
의사소통이 안 되었는지
어젯밤에는 때 이른 서리가 내렸다
만물은 초토화 되어
정신줄을 잃고 방황했는데
미안했는지 오늘 아침 햇살은
닭이 병아리 알 품듯
따스함으로 위로하듯
대지를 감싸고
나무는 봄, 여름내 품어 왔던 연정을
단풍잎에 색깔로 그 마음 표현하고
고향 집 키 큰 감나무는
빨간 홍시로
날짐승 들짐승 단맛으로 불러 모으고
그 홍시는 인간의 마음을 순간 이동시켜
어머니와의 추억으로 유혹한다
가을바람은 단풍잎으로
거리를 포장하려고
오늘도 숲속 길을 부지런히 쓸고 있네

2022. 10. 22.

넋두리

이 일도 안 되고
저 일도 안 되고
앞날이 어찌 될지
계산 없는 안개 속이고
무슨 대책도 없어
현 상황이 나에게 유리한 방향으로
돌아가길 기원한다
잘 나갈 때는 이렇게 일해도 되고
저렇게 일해도 실타래 풀리듯
술술 풀리더니
오늘은 문제만 생기고
해결되는 일 하나도 없으니
힘 빠지고 기죽네
이럴 때 움직이지 말고
한숨 자고 나면
나의 수호신이 행운을 물어 줘
머리 아픈 일 해결해 주겠지

2022. 10. 22.

첫사랑의 회상

일을 하다가도 일상을 즐기다가도
문득 떠오르는 너 생각은
무엇 때문이라고 부를까?
그리움이라고 말할까? 그리워함은 사랑이라고
말할 수 있겠지
만추의 노란 국화가
아침 햇살을 기다린다
사랑한다고 매일 말은 안 해도
우연을 핑계로 필연으로
너를 만나보고 싶다
지나간 추억 속에 사람이지만
아직도 못 잊고 있나 봐
그래서 내 마음은 다른 것은
다 비웠다 채웠다를 반복해도
너의 존재는 보물인 양 남겨두고
거울처럼 필요할 때
언제나 꺼내어 본다
당신이 늘상 보고픔으로
내 가슴에 남아 있어
사랑이라고 부른다
새소리의 즐거움도

마음을 예쁘게 하고
먼 산의 단풍잎도
꿈처럼 아름답지만
그것은 한때의 예쁨이다
항상 가슴에 남아 맴도는
당신 모습은 내 인생의 꽃이다
평생을 함께하는 당신이기에
사랑이란 이름으로 가슴속에 새겨진
추억에 멍울이다
단풍잎이 절정이라고 말하는 오늘
나도 말하고 싶다
인생의 절정은 사랑이고
마음이 흔들리고
낯선 계절이 찾아들 때면
먼 하늘 흰 구름에 실려 오는
추억을 배달받아 보네

2022. 10. 22.

어머니 마음

가을 햇살은 친구에게 이야기하듯
편안하게 내리 쪼이고
가을 벼 추수로 갈 곳 잃은
난민 메뚜기도 지금 이 순간에는
마음이 편했는지
가을 햇살 아래 졸고 있다
빛살 좋은 사랑채 마루에
어제 캔 고구마가 시집갈 처녀
선보이듯이 단정하게 놓여있고
농우소가 여물질을 즐기는 오후
가을 타작 마당에서 곡식을 주어다 놓고
서로 먹기를 권하는 참새 두 마리
부부 사이일까?
부모 자식 사이일까?
나는 그 속 모른다
어른 키 닿을 만큼
낮은 지붕에 곶감이
예절교육을 받는지
나란히 줄지어 앉아 있다
저 곶감 잘 익어가면
장독대에 넣어 뒀다

손자, 손녀 올 때마다
하나씩 쏙쏙 빼
입막음용으로 쓰겠지
집으로 돌아오는 길에
봉지 봉지 싸 주신 보따리
살짝 열어보니
내 어릴 적에 좋아하던 음식이
가득 들었구나
도시 나가 사랑하는 아들
입맛 잃을까 봐
알뜰 살뜰 챙기신 우리 어머니
어머니 그 마음에
고마워서 눈물이 난다
돌아오는 차 안에서 마음 모아
어머니의 안녕을 빌고
어머니 하루 아침 공
자식 평생 못 갚는다는
옛말이 가슴속에서
큰 울림으로
내 눈시울이 붉어간다

2022. 10. 23.

내 마음에 거는 마술

날짜를 바꾸는 것은 시간이요
밝음과 어둠의
도깨비놀음은 밤낮이고
굳은 일편단심도
재물 앞에는 모래성이네
사람 생각 바꾸게 하는
이해타산도 돈 때문이다
돈은 사람 목숨 생활 유지 품위 유지를
시켜주는 인생의 기축통화다
그래서 인간은 좋은 말로는
상부상조이고
나쁜 말은 서로 뜯어 먹고 산다
돈이 부는 방향대로 사람 생각 흘러가고
배신과 우정도 생기고
은인도 생기고 사기꾼도 생긴다
세상 삼라만상의 변화가 다 돈의 조화다
사람은 그 너울에 춤추는
허수아비의 도미노
내 마음 내키지 않아도
조금 합리적이지 않아도
앞뒤 계산해 참기도 하고

분노가 폭발하기도 한다
이것이 인간사회의 이해충돌이다
재물에는 반드시 값어치가 있고
산이 높으면 골도 깊은 법
공짜는 없다
당장 억울해도 앞날 뒷날 손익 계산해
울분을 삼킬 수밖에 없는
약육강식의 세상
이런 세상이 너무 싫지만
세상의 굴레에 갇혀 사는 이상
어쩔 수 없다
그게 부당하고 억울하다고
세상 밖으로 뛰쳐나가 본들
혼자 남은 외톨이
닭장 밖에 탈출 못 해 안달하다
탈출에 성공해 자유다 외치다가
해가 지면 결국 닭장 안
무리 속으로 못 들어가
안달 내는 닭처럼
세상 시스템이 싫지만
내 가슴에 타인 마음 반 세주고

내 마음 반 더부살이 하는 것이
편안한 인생
이런 사실이 삶을 서글프게 하지만
아름다운 말 봉사 양보란 말이
위로해 준다
싫지만 오늘도 노련한 뱃사공
노 저어가듯 강물이 밀면
떠내려가며 강물을 건너 나루터로 가듯
삶의 의무라고 생각 말고
오늘 아침 출근길 배려라고 양보라고
봉사하러 간다고 생각하자
어차피 이래도 저래 봐도
변하지 않을 세상
그래야 내 마음이 편안하니까

2022. 10. 24.

가을 산 단풍

가을 산길을 오른다
낙엽은 길을 내고
보도블록 색칠도 이쁘게 한다
바람이 한 번 불 때마다
신호등 불빛 바뀌듯
나뭇잎 색깔도 달라지고
단풍잎을 밟으니 첫눈 밟은 듯
바스락거리는 소리가 난다
우리 집 마당 개 등산 안 데려간다고
동네가 시끄럽도록 항의를 한다
나무는 여름내 공부한
성적표를 내밀 듯이
다양한 색깔을 들고
검사를 기다리고
산새들은 후한 점수 주라고
이 나무 저 나무 옮겨 다니며
아양을 떤다
석양빛과 단풍잎이
어울려 춤판을 즐기며
가을날 또 하루가 간다

2022. 10. 25.

가난한 농부의 넋두리

구름 속에서 비추는 가을 햇살은 나른하다
앞산 뒷산 숲은 단풍으로 짙어가고
어린 모심어 여름내 흘린 땀
땅 한 평은 적셨겠다
가을날 타작해서 벼 수매를 했건만
나락 값은 사십 년 전 청년 시절이나
지금이나 값은 제자리걸음 농자재 인건비는
하늘 높은 줄 모르고 오르고
세상 물가 모두 다 애드벌룬 뜨듯 다 올랐는데
오르지 않은 것 쌀값뿐이네 엎친 데 덮친 격이네
취미농은 수입과 상관없으니 괜찮은데
벼농사 소농으로 지어 소요경비 빼고 나면 빈털터리
늙어서 몸 아파 병원 갈 일 많은데
수입이 있어야 편안한 마음으로 병원 가지
노후 대책 하나도 없네
골짝 논 팔려고 해도 살 사람도 없고 살려고 해도
법이 까다로워 도시민이 살 수도 없고
너무 헐값이라 억울해서 못 판다
자꾸 해마다 기력은 떨어져 가는데 경비는 더 올라가고
쌀값은 내려가고 갈수록 태산이네

2022. 10. 25.

추곡 수매

추곡 수매를 끝내고 차 한잔을 들고 있다
의욕 잃은 마음은 착 가라앉고
노력과 밑천 투입 대비 소득이 마이너스다
머리 좋은 사람은 벼농사 못 짓겠다
셈이 안 맞으니까 나라 정책은 농사도 안 지어 본 사람들
머리로 공부한 사람들
책상 발상이 현실과 너무 멀다
대농이야 재벌농부 되어가지만
고령농부 소농은 죽을 맛이다
나이 들어 타작도 힘든데
수매가도 싸고 일시에 하다 보니
수매장 기다림도 너무 길다
농사일 생각하면 화닥정 나고
아무도 안 들어주는 넋두리
나 혼자 북 치고 장구 쳐 본들
무슨 소용 있나 안 죽으면 살겠지
산에 가서 도토리나 주워 먹으면
다람쥐처럼 인간사 관심이 없어지려나
농사를 짓다 보니 해마다 경비는 올라가는데
쌀값은 내려가 언제까지 견딜지 나도 모르겠네

2022. 10. 25.

세상사 나도 몰라

시간은 온다 간다 말 없이 흘려
나도 모르게 세월에 떠내려가다
문득 뒤 돌아보면
계절은 언제나 생각보다
한발 빠르다
그 세월 따라잡으려
환갑을 넘게 살았건만
그 정체 아직도 알 수 없는 그림이고
가을 서리 맞은 나뭇잎은
일생을 산 성적표를 들고
잘하고 못하고 없이
세월이 부르는 대로
산 바닥을 덮으며
낙엽이 되어 가며 낭만가를 부르고
욕심이 많아 산보다도 높이 선
참나무에 보금자리를 튼 도토리
대다수 도토리는 벌써
자기 갈 길 찾아
복불복대로 부는 바람에
행운을 싣고 낙하한다
세상사 미련이 남은 자는

내년에 나무로 일생을 시작할
명당에 자리 잡고
이승에 돌아올 날 기다리고
살 만큼 살고
더 바랄 욕심 없는 자는
사람들 간식거리로
산 짐승 한 끼 식사로
윤회의 길 끝낸다
철 늦은 도토리 하나
긴 장고 끝에
자기보다 오래 살고 있는
내 발 앞에 떨어져
갈 길을 묻네
세상을 살 만큼
산 나이인데
나도 도토리 너처럼
세상사 모르겠네

2022. 10. 26.

사랑의 유통기간

식어버린 마음만큼
멀어지는 좋아하는 마음
무심코 넘어갈 일도
마음도 말 한마디
느낌 하나에도 의미를 둔다
단풍잎 물들어가면 낙엽 되듯이
시간이 지나가면
좋아했던 마음도 미워했던 마음도
그저 밋밋한 마음이 되는 것
그래서 사랑이 식기 전에
복잡한 계약서 결혼을 하나 보다
너가 먼저 이유 같지 않은
핑곗거리라도 말하며
내 서운한 점 풀어주면 좋을 텐데
그러지 않는 것 보니
나도 눈치가 보여 망설여진다
미련이 사라지기 전에
애정이라도 붙어있어야
그렇고 그런 관계도 유지되나 보다
의무와 권리가 음양의 한짝인가 보다

2022. 10. 26.

노을 진 낙동강을 건너며

봄 여름에 부지런히 힘써
튼실한 결실을 맺은 가을 산 그림자를
품은 고요한 낙동강은
짝사랑하던 님을 가슴에 안은 듯
기분 좋아 잔물결로 그림을 덧칠하고
잉어, 붕어, 피라미는 장단 맞추어 군무를 추듯
물결을 몰아가고 잔물결은 갈대의 마음을 흔들어댄다
들판을 지키던 농부도 어둠에 밀려 하나, 둘 집으로 향하고
농부의 빈자리를 하늘에 별들이 하나, 둘 차지한다
늦가을이라 서리 맞은 초목은
득도한 중생처럼 하루가 다르게 단풍으로 익어간다
농부 따라 예쁘게 물든 단풍잎을 주워 모은
가을 햇살은 서산마루에 올라서서
온종일 주워 모은 단풍잎을 인심 좋은 한량
술집에서 골든벨 울려 돈 뿌리듯이
마구 뿌려대면 태양은 맑은 거울이 되어
단풍잎 물들어 비추고
반사된 그 고운 빛깔의 단풍잎은 붉은 저녁노을이 되어
내 가슴에도 사랑의 빛깔로 쏟아져 들어온다
내 님 마음에도 그 사랑 선물하고 싶어라

2022. 10. 26.

인생길

일하기 싫은 소는
소고삐가 끌고 가고
놀고 싶고 좋은 것만 하고 싶은 내 마음은
목구멍이 포도청이라
거역할 수 없어 오늘도 일을 간다
무명 옷 실 짜듯
이일 저일 엮다 보면
어느새 하루는 훌쩍 떠나고
떠난 빈자리에 나이를 채운다
나이가 작을 때는 몸놀림도 가볍더니
노인이 되어
나이를 많이 채우니
몸이 무거워 동작이 느리다
이것이 인생여정인데
삶에 묘수풀이는 없네
인생을 잘 사는 법은
주어진 내 능력 안에서
경비는 적게 효율은 최대한
나만의 세상을 누리는 것이
잘 사는 비결이네

2022. 10. 26.

오늘 계획

찬 서리는 지붕 위에서
아침 햇살을 기다리고
나는 너의 안부전화를 기다린다
오늘도 뭔가는 해야 하기에
하루 일정을 정해본다
한해 일생을 마감한 낙하산 달린 풀씨는
바람에 피리 소리를 대기 중이고
평소 망보아둔 명당으로
바람이 불면 훌쩍 뛰어내린다
그래 잘 가서 너 행복한 꿈 이루거라
오늘은 합천 오일장날
일단 벗을 만나 아침 커피 한 잔으로
밤새 안녕을 묻고 장에 가서 양파 모종 사서
초여름에 누릴 수 있는 수확하는 기쁨을 상상하며
즐겁게 심어야겠다
비어있는 가을날 빈자리를
오늘도 메꾸어가면
한 해 살림살이 늘어나겠지
이왕 하는 일 알차고 재미있게
한번 해 볼라구

2022. 10. 28.

진료 대기실에서

오늘은 병원 가는 날
삼 개월에 한 번씩 정기검진을 간다
한 해 동안 사계절 여행을 하는 셈이다
처음에는 낯설어 촌닭 장에 온 것 같이
온갖 생각에 마음이 예민해져 심란한 마음
밤낮으로 팥죽을 끓었는데 이 일이 몇 년 지속되다 보니
일상이 되어 익숙한 마음 이웃집에 마실 나온 듯
마음이 무디어져 가고 모든 상황을 받아들일 수 있을 만큼
마음에 평수가 넓어진 것 같다 이제는 진료 대기실에 앉아
느긋하게 텔레비전도 보고 다른 사람들 구경도 한다
남녀노소 할 것 없이 다 온다
대충 헤어보니 중간치 정도는 되는 나이
육체적으로나 정신적으로나 환갑을 넘게 산 나는
인생길 성공길이다 싶다
환갑까지 살면서 인생 본전 다 뽑은 것이고
사용연수가 다 되었으니 직장에서도 만육십에 은퇴하는 것
아닌가? 지금 이후에 삶은 하나님이 산다고
수고했다고 주는 보너스라
불평 불만 없이 행복하게
기분 좋은 삶을 살아보세

2022. 10. 27.

갈 대

맑은 강물이 모래알을 씻어 모으는 모래섬에

가을바람이 실어 준 갈대가 자리를 잡고

세월이 흘러 큰 마을을 이루고

이듬해 어른 키만큼 자란 고물이 찬 갈대는

하얀 붓을 들어 고요한 강물을 화폭 삼아 그림을 그린다

둥근 보름달도 그리고 잔별에 반짝임도 자세히 그린다

풀벌레 소리도 없는 늦은 가을에

물 따라 떠내려오는 단풍잎 주워 모아

뜨내기 나그네새 편안히 쉬어가라고

보금자리도 만들어 주고 강을 사이에 두고 데이트 하는

청춘 남녀에 이야기도 대필해 전달해 준다

나도 달 밝은 밤에 모래섬에 갈대 선비 붓을 빌려

마음에 남아 있는 옛님에게 깊어가는 가을 밤 이야기와

그대를 가슴 깊이 간직하고 있는

추억에 이야기를 적어

하얀 갈대씨가 살랑이는

가을 밤바람을 타고 세상 구경 나설 때

연서 한 장 써서 부치면

잊어버린 내 님 찾아

답장 들고 오려나

2022. 10. 28.

가난한 농부의 넋두리

나는 농부다
직장 은퇴 후 천성이 부지런한지라
놀지 못하고 그냥 놀기에 시간이 아까워
뭔가 생산적인 일을 하다 보니
내가 살고 있는 곳이 농촌이라
그래서 농사를 짓는다
어찌 된 일인지
갈수록 쌀값은 내려가고
이제는 수확물은 농사 경비에
다 들어가고 내 품삯은 하나도 없다
이거 뭐 진짜 돈 내고 즐기는
취미생활이 되어 버렸네
취미생활치고는
노동력과 투자하는 시간이 많다
젊은 사람은 기계 사서 일 하면
밥은 먹고 살겠다만
소농이나 나 같이 고령농은
기계 살 엄두도 못 낸다
기계값 대비 효율성이 많이 떨어진다
그래서 품삯을 주고 나면 무일푼이다
농기계 사용료에 비료 농약이 해마다 오르고

쌀값은 제자리 아니면 내리막길 향하고
특수 재배해야 그나마 밥 먹고 사는 것
자본과 힘쓰는 노동력이 많이 들어간다
사회에서 은퇴한 우리 같은 중늙은이는
이 안타까운 현실을 무슨 방법으로 배겨내나
뭘 하든 몸 안 아픈 다음에
그 사회에 도움 없는 무위도식하며
젊은이 어깨에 짐 하나 더 얹어줘야 하는 것
늙은이도 사회에 도움이 되는 일을 하고 싶은데
세상 정책은 반대로 흘러
의욕마저 사라져 간다
이제는 아예 그만두기를 조장한다
일할 노인들이 놀면 국가는 힘 안 들까?
누가 속 시원하게 문제풀이 해 줄 사람은
언제 나올까?
오늘도 답답한 현실에
먼 산만 바라보네

2022. 10. 29.

버드나무

개 짖는 소리에
가을은 오고
새벽닭 우는 소리에
서리가 내린다
한 골짝 다 터줏대감으로
자리 잡은 버드나무
제일 큰 왕초라고
가을이 자리 잡고
눌러앉아 푸른 잎이
누렇게 단풍 들더니
눅눅한 아침 찬 이슬이 무거운지
비단을 깔아 놓은 듯
숲은 이쁘게 깔리고
따뜻한 사람 사는 마을에 내려와
밤잠을 자고 숲으로 일하러 가는 안개
이슬 내린 아침에 안개는 나더러
길 안내하라 하더라

2022. 10. 30.

가을날 의미

월암산 삼형제봉에
달빛이 짙어져
참나무 숲에 단풍이 익어가면
비스듬히 바라보는 햇살의 눈매가 흐뭇하다
발 없는 소문 천 리 길 간다고
월암산 단풍이 아름답다고 소문이 났는지
황강물이 서로 먼저 보겠다고
뒷 물결이 앞 물결을 밀고 오고
덩달아 모래알도 구경하겠다고
물결 따라 굴러 오고 월암산 앞뜰에
때 늦은 개구리 처사
동안거 들어갈 땅속 굴집 짓느라
이마에 땀방울이 송글송글 맺히고
넓은 마늘밭에 괭이 자루 의지해
굽은 허리 한 번 펴는 모습이
석양빛에 월암산에 길게 비치네
돌아서 가는 나그네 머릿속에
삶이 무엇이길래 꼿꼿한 허리
등이 휘게 일하게 했을까? 하고
화두를 던지네

2022. 11. 1.

마늘밭과 할매

산꼭대기에서 시작한 가을은
빗물 흘러가듯 흘러
단풍은 산골짜기를 가득 메운다
단풍은 구름을 탄 듯
말을 탄 듯이
장터에 사람 모인 것처럼
왁자지껄이다
단풍에 지는 가을 석양은
꽃보다 더 이쁘다
골 깊은 산 발치 아래
자리 잡은 논 하나에
세상을 막 시작한 초록 빛깔에
마늘 새싹이 청춘을 노래한다
반백 년을 채워 일한 꼬부랑 할매가
개미 일 나가듯
온종일 마늘 골 따라 시계추처럼
왔다가 갔다가를 반복하더니
허리가 아픈지 잠시 일하던 괭이를
지팡이 삼아 허리를 펴고
단풍잎 구경 한번 하나 싶더니
이내 허리 굽히고 일한다

바쁘게 일하는 걸 보니
오늘 마늘밭 손 다 보고
내일 편안한 마음으로
오일장 가서
옆 동네 친구도 만나고
옆집 친구랑 사고 싶은 것도 사고
먹고 싶은 것도 먹고
노년에 가을날 하루를
즐길란가 싶으네

2022. 11. 2.

밀 심던 날

난생처음 밀농사를 짓는다
오십 년 전에 아버지가 짓던 밀농사를
어릴 적에 밀사리 해 먹던 추억을 못 잊어
밀농사를 부채질한 것 같다
가을 단풍이 이별의 편지를 쓰고
한발 늦은 들국화가 동산에 피어
애타게 벌, 나비를 찾는다
나는 이 시간에 말을 탄 듯이
신나게 논바닥을 좌우로 돌면
트렉터는 들판에 일하는 농군들
다 들어보라고 큰 소리로
신명 나게 노래를 부르는구나
트렉터의 고성방가에 밀 종자는 놀라
눈을 뜨고 좋은 곳으로 가
실한 후손 두겠다고 다짐하네
추운 겨울 지나고
새봄이 오면 푸른 밀밭에서
산속 노루, 고라니, 처녀, 총각
멋진 데이트 장소 되겠구나
밀이 익을 쯤
까투리 알 굴리는 소리

들리는 듯하고
종달새 종종거리는 걸음걸이
아하!
밀꽃이 라일락 꽃향기에
춤추는 오월이 기다려진다

2022. 11. 2.

노인이 되고 보니

졸려 나도 모르게
초저녁잠 한숨 자고 나니
누가 부른 듯이
잠은 깨고 다시 잠을 청해보지만
잠은 이별하고 떠난 님처럼
뒤돌아서 눈길조차 한번 안주네
한 집 건너 불 켜진 저 집 창문
김씨 노인도 잠이 안 오나 보다
김씨 노인은
지금 이 시간에 뭘 하고 있을까?
나는 잠 청하는 기도발도 안 맞고
먹이 찾아다니는 고양이 새끼처럼
이 방 저 방 들락날락거리며
새벽을 기다리는데
김씨 노인은 무슨 묘수가 있는지
어떻게 슬기롭게 새벽을 보내는지
내일은 만나 안부도 물을 겸
점심도 한 그릇 하며
배워 봐야겠다

2022. 11. 2.

세상 이치

바람은 낙엽과 시간을 끌어모아
계절을 바꾸려 하고
나무와 인연이 끊겨버린 나뭇잎은
마지막 남은 힘 다 모아 매달려
구조를 요청하지만 하늘에 운이 안 닿아
나뭇잎은 미련만 남기고
허공 속으로 멀어져가고
시간은 모든 부귀영화 고난의 미련도
계절의 카드로 판을 바꾸어간다
제철 만난 들판에 보리 밀싹이 엄마 품에서
세상사 궁금해 병아리 까만 눈
어미 닭 날개 밑에서 내밀 듯
호기심으로 밀 보리싹은
누가 누가 더 키가 큰지 재어보고
신이나 잎사귀를 흔들어댄다
묵은 것이 가면 새로운 것이 그 자리를 메꾸고
세상은 언제나 아름답고 젊음으로 가득하다
우리가 어느 입장에서
바라보느냐에 따라서
세상은 다르게 보일 뿐이다

2022. 11. 3.

인생의 의미

너를 알기 전에는
이별이란 말이
무슨 뜻이었는지 몰랐다
청춘과 사랑은 영원한 줄 알았고
세상은 내가 쌓아가는
시간에 이야기인 줄 알았다
살아보니 내 생각은 신기루
무지개 꽃이었고
모를 때 내 생각은 행복의 마술사였네
내가 세상을 만들어 가는
주인공인 줄 알았는데
알고 보니 이름 없는 풀잎 같은 것
나는 세상이 만들어 가는 이야기 속에
적응해 가는 희로애락의 시간
역할극의 연극배우이더라구
지는 석양의 노을빛이
아름다움에 전부인 줄 알았는데
그것은 밝음 뒤에 오는
어둠의 신호탄이었어
꽃이 필 때는 꽃이 지는 줄 몰랐고
단풍이 물들 때 나뭇잎의 아름다움인 줄 알았지

그게 이별의 시작이란 걸 몰랐네
만남인 듯싶어도
그 속에 이별이 숨어 있고
모든 것이 한순간이다 싶어도
그 속에 영원히 남는 기억이 있다
추억은 언제나 제 자리 있어도
세월은 망각 속으로 흐르고
우리는 광부가 금을 캐듯
우리가 원하는 것은 추억으로 남기고
나머지는 망각 속으로 버린다
아무도 모르는 인생길
근심걱정 다 버리고
시간이 정해준 자리에서
햇살이 뽑아주는
오늘의 운세 한판으로
생로병사 희로애락 오욕칠정을 즐기자
이 순간에도 햇살에 거친 물살은
돛단배 탄 우리 인생을 흔들고
출렁거리며 복불복대로 점통을 흔들어
하나 하나 인생을 뽑아 쥐여준다

2022. 11. 4.

어부와 거미

늦은 가을 햇살에
물결은 바람에 단풍잎 구르듯
여기저기 가을 경치 구경이 한창이고
물결은 서로 몸을 부대끼며
생각도 공유하는 듯이
마음이 잘 맞다
강 물살이 쉬었다 가는
고요한 호수에 작은 나룻배
그물 하나 달랑 싣고
긴 장대 짚어가며
노 저어 가는 늙은 어부
달빛에 단풍 구경나온
눈먼 물고기 잡아볼까 하고
석양에 그물을 놓고
철 모르는 거미 한 마리
길목이다 싶은 곳에
단풍잎과 나뭇가지 사이로
다리를 놓는다
오늘 저녁 날씨도 제법 쌀랑한데
눈먼 생물들 밤 마실 나올까?
나 같으면 님이 만나자고 하면

나올지 몰라도
무슨 청승 기도한다고
밤이슬 맞게 나오나…
내일 아침 어부랑 거미 중
누가 더 운발이 센지
기대가 된다

2022. 11. 4.

늦은 가을날의 하루

활기찬 아침 햇살은
날쌘자는 앞에서 끌고 꿈뜬자는 뒤에서 밀며
낙오자 없이 하나도 빠짐없이
다 챙겨 시간 속에 가두어
세월을 만들어 굴러가고 있다
이 시간에 나는 세상 한 모퉁이에서
커피랑 친구 하여 오늘 하루 어떻게 보낼까
연구 중이고 오늘 해야 할 일들이
바쁘게 머릿속을 오고 가며 순서를 정하는구나
늦가을 바람에 퇴색된 단풍잎 하나
어디로 가는지 말도 없이 허공으로
몸을 날려 여행을 시작하고
뭐가 좋은지 산 언덕 위 억새꽃은
하이얀 머리칼을 유혹하듯 흔들거리고
겨울 양식 조금이라도 더 비축하려는
부지런한 벌 한 마리 자기 부르는 줄 알고
그 앞으로 날아가네
이참에 나도 밭에 나가 혹시나
가을걷이에 빠진 일 있나 하고
한번 나아가봐야겠네

2022. 11. 6.

뭇 서리

밤새 얼마나 떨었으면
새벽별이 입술이 새파랗게 질리고
이빨 부딪히는 소리가
내 심장에 전율로 전해져 오고 있다
이슬은 추위에 맞서 밤새도록 싸워 보지만
하얀 서리로 변해 햇살 구조팀이 구하러
오는 시간까지 하얀 눈으로 굳어 있고
이슬이 하얀 서리가 되던 날
내가 아끼고 이뻐했던
여름꽃은 하루아침에 초토화 되어
끓는 물 속에 들어갔다 온 나물이 되고
이쁜 그 모습은 청산에 나비 따라가고
영혼 빠진 내 모습은 가슴이 아파서
그 눈물이 마음을 채우고
서러움과 슬픔은 눈물로 흐른다
기적소리를 울리고 지나가는 기차처럼
머릿속으로 스치고 지나가는 글귀 한마디
세상사 덧없고 하물홍은 십일홍이라고 하는
옛 선비의 글귀가 스치고 지나간다

2022. 11. 6.

그대 마음

밤새 단꿈을 꾸며
평온하고 행복한 일상을 즐기던
햇살이 아침 출근을 해보니
밤새 찬 기운이 벌인 패악질에
산천초목은 초토화가 되어
형상을 알기가 어렵다
햇살은 그 얼음을 온기로 녹여보지만
이미 영혼 떠난 생명들은 어쩔 수가 없네
가을 햇살에게 그대 사랑하는 내 마음
그려 달라고 부탁했더니
그 마음 나뭇잎에 새기면
나뭇잎에 그린 내 마음은
이쁜 단풍잎이 되어
정해진 시간 없이 불쑥 나타난
우체부 바람 아저씨가
그대에게 내 마음 알 때까지
한 장 두 장 전달하면
그대도 날 사랑하는 마음이 있다면
버선발로 내게로 달려오겠지

2022. 11. 6.

등 산

무서리 내린 새벽 들판에 아침 햇살이 올라서면
서리는 보석만큼 찬란한 반짝임으로 아양과 아부를 떨고
양지바른 지붕 위 참새 두세 마리
아침 커피로 밤새 안부를 묻는다
오늘은 놀 것인가, 일하러 갈 것인가
뜻을 묻고 놀러 가자는 꼬드김에 넘어가
단풍구경하러 등산을 간다
바람 없는 하늘에서 단풍잎 하나
날아와 내 발 앞에 떨어진다
나도 더 늦기 전에 단풍잎이
낙엽되어 비단길 깔리는 산길을 올라가며
경치 좋은 곳에 띄엄띄엄 쉬면서
쉴 때마다 내 시름 하나씩 내려놓으면
산꼭대기에 올라설 쯤에는
아웅다웅 모여 사는 도시의 집들이
장난감처럼 적게 보이고 사람들이
애착을 가지는 일들이 정말로 시시한 이야기로 느껴지고
배고플 때 산에서 먹는 점심 도시락은
연애 시절에 밥 한 그릇 시켜 놓고
내 님과 나누어 먹던 그 맛이겠지

2022. 11. 6.

부모님 산소

참나무 단풍잎과 푸른 솔잎이 잘 어울린
산발치에 자리 잡은 부모님 산소
추석 때 아들이 부모님 은공 조금 갚는다고
정성이 들어간 묘지는 단정하고 우아하다
부모님 시중들 듯 양옆에 선 국화꽃은
긴 가을 가뭄 인내와 신념으로
이겨내고 여름철 산 넘어오는
흰 구름 꽃을 불러놓은 듯
둥실몽실 이쁘게도 피었구나
국화꽃이 이뻐서 무덤 한 번 바라보고
부모님과의 추억이 그리워서
또 한 번 바라보고 그 고마운 마음
애쓰던 마음 생각하면 눈물이 뜨거워진다
부모님은 항상 마음속에서 함께하지만
좋은 장소에서 좋은 환경으로
만나보니 더 좋네
가을 단풍 구경 겸 고향 마을 구경 겸
추억에 젖어 이렇게 산소에서
부모님을 뵙고 보니
무엇으로 표현 못 하지만
강 안개 피어나듯이

가슴속에 뭔가로 꽉 차올라
세상 온갖 일을 다 담은 듯
말로 글로 꼭 집어 표현 못 할 뿌듯함으로
강물이 봇물 넘듯
철철 흘러넘친다

2022. 11. 6.

당신 앞에 서서

당신 앞에 내가 꽃다발을 손에 들고
이렇게 서 있네
당신은 웃고 있지만 나는
당신 앞에서 길 잃어버린
아이처럼 울고 서 있네
이별이란 슬픔이 이렇게도
지독한 아픔일 줄
미쳐 나는 몰랐네
내 머릿속에는 늘 같이 살아 있어
같이 먹고 같이 자고
희로애락을 함께 하는데
눈에 보이는 지금 이 순간처럼
당신과 나는 만날 수 없는
보이지 않는 큰 장벽이 있어
아무리 그리워해도
만날 수가 없구나
너는 그 벽 안에서 나를 찾고
나는 그 벽 밖에서 서로를 찾는다
같이 만나 시작한 일
같이 끝내야 하는데
당신 없이 혼자 하는 일

자신이 없고 뭘 해야 할지
모르는 철부지가 되어
세상살이 너무 힘들다
언제쯤 어느 때 또다시
당신과 내가 재회해 하나가 되어
긴 포옹을 나눌까?
해가 지고 달이 떠올라
달빛에 눈물 이슬이
나의 옷깃을 적셔도
당신은 오라 가라
말 한마디 없고
당신을 두고 못 떠나는 나는
여기 당신 옆에 서서
저 하늘 푸른 별 하나 하나에
내 소원 적어 붙이며
오늘 밤을 지새워야 할 것 같구나

2022. 11. 6.

노 탐

가을걷이 시간 다툼에
어설픈 농부 다 죽어난다
노후화된 농기계같이
나이 먹은 몸이라서
마음 따로 몸 따로다
제법 낭만과 풍류를 안다고
살아온 나였지만
지금 새들이 노래를 해도
꽃이 향기로 유혹을 해도
무덤덤한 마음이 되어
일벌레가 다 되어
들판을 가꾼다
내 손 한 번 더 움직일 때마다
곡간의 키는 놀랄 만큼 자라나고
부의 높이는 한층 더 높아진다
욕심도 한 층 더 쌓여가면
몸은 절단 나는 것
어제 추수 끝낸다고 무리수를 놓았더니
오늘은 유에프씨에서 케오 당한
선수처럼 팔다리 허리에
파스 덕지덕지 붙이고

소파에 누워 창밖에 새소리를 듣는다
비둘기 나무 위에 앉아 있어도
마음은 콩밭에 있다고
지금 이 순간에도
마음은 콩밭을 수도 없이
갈아 엎는다

2022. 11. 6.

님 마중

곱게 물든 단풍잎에서
해거름을 보낸 찬 기운은
밤새 김장밭에서 얼마나 뛰고 놀았는지
놀란 무, 배추 잎은 풀 먹은 종잇장처럼
굳어있고 그 모습에 심장 뛴 아침햇살은
뜨거운 입김으로 온기를 불어넣는다
밤새 된서리에 감나무는 순식간에
잎은 다 떨어지고 빨간 홍시가 햇살에 돋보이니
온 동네방네 까치 다 모여 조찬 모임을 하고
내 창 아래 노란 국화꽃은
오늘도 무사무탈하다고
활짝 피어난 청춘을 자랑하니
지나가는 길손 참새
신기한 듯이 날아와 구경하고
참새들끼리 뭐라 뭐라 중얼거리는데
말뜻은 못 알아듣지만 지저귀는 음률로 보아
감탄하는 듯하고 기분 좋아 보이는 아침인 듯싶네
나도 싱싱한 아침 햇살 기운 밟고
일전에 심어 둔 밀싹이 얼마나 세상구경
나왔는지 마중 가야겠네

2022. 11. 6.

늦가을에 가는 세월

가을걷이 끝난 늦가을날에
초저녁 어둠사리가 찾아들면
찬 기운은 언몸 좀 녹이자 하며
내 품속으로 파고든다
자꾸 치근대는 찬 기운이 싫어
온기 가득한 방 안에 들어서면
굳은 내 얼굴이 풀린다
달은 계주 달리기 선수처럼
동쪽 하늘에 대기 중이고
아는지 모르는지 태양은 석양에
불꽃놀이를 시간 가는 줄 모르고 즐기고 있고
달은 빨리 달려가고파
동쪽 하늘에서 태양이 전해주는 세월에
바톤을 받기 위해 저녁달은
준비운동 중이고 서산 너머로
태양이 굴러 떨어지면
흰 달을 어둠이 물통에 물 채우듯
밝음으로 채워가고
어둠이 진해질수록
달빛은 더 밝은 곳으로 나온다

2022. 11. 7.

입 동

절기는 입동이라고 이름값 한다고
아침 저녁으로 제법 계절 티를 낸다
부지런한 아침 햇살이
그물을 깔아 찬 서리 한 망태 건져 올리고
빠진 잔챙이 또 한 망태 건져 올리고 나면
햇살 뒤꽁무니 따라 개선장군 입성하듯
어설픈 중늙은이 농부도 기가 살아
하루 일과를 시작해 본다
새벽에는 장닭이
자기가 제일 잘났다고 유세하더니
지금은 암탉이 알 낳았다고
동네방네 자랑질이 한창이네
겨울 햇살 짧기는 하지만
그래도 소소한 행복을
누릴 만큼 시간의
여유는 있다

2022. 11. 8.

그녀가 생각나는 오후

나른한 햇살이 졸고 있는
어느 가을날 오후
문득 떠오르는 사람이 있다
연락도 없이 무작정
그 가게 앞에 가 전화를 한다
보고 싶었던 사람은 떠나갔지만
그곳에 가니
추억의 향기는 남아 있더라
전화 한 통화로 안부를 묻고
기약 없는 만남의 약속을 하고
헤어진다
오며 가며 창밖에 풍경이
들뜬 마음 가라앉히고
평상심으로 돌아와
일상의 하루해는 서산을 넘고
그녀와 나의 일도 궁금한지
둥근 달이 동쪽 산 뒤에서
까치발을 하고 서 있네

2022. 11. 8.

산앵두

산앵두 나무에 단풍이 들면
당신 생각이 난다
대문간에 비스듬히 기대어
님 마중 반갑게 나와
기다리는 산앵두 아가씨
이른 봄이면 연분홍 꽃잎 입에 물고
얼마나 많이 곱고 이쁘게 피었는지
한창 필 때는 온 동네 벌떼들
부역 나와 끌고 갈 듯
이고 지고 갈 듯
웅성거림이 오일 장터 같더라
꽃잎이 설 자리가 비좁아
압사 당한다고 연신 구조요청을 하고
초여름에 익는 앵두는 섬 색시 선보러 갈 때
살짝 바른 그 입술 색이다
시간이 가을 턱밑까지 차오르면
나무가 마지막 비상금을 털어
단풍으로 도색하면
그 빛깔 부드럽고 예쁜 모습이
내 님을 꼭 닮아 있구나

2022. 11. 8.

하루 행복

바쁜 일 끝내고 나만을 위한 시간여행을 떠난다
여행지의 낯선 카페에서
바라보는 풍경은 색다른 의미로 다가오고
느티나무 단풍이 열병하듯
한 줄로 쭉 늘어선 자태가 참 곱다
맑고 푸른 강물은 자갈밭을 소리 내어 갈며
내게 무슨 할 말이라도 있는 듯이
앞서거니 뒤서거니 달려오고
코끝으로 숨어드는 커피 향 내음이
잠가 둔 내 마음에 금고를 열어
나를 다시 한 번 더 다른 방향으로 생각하게 하고
반짝이는 아이디어가 떠오른다
커피 한 모금을 목 넘김 해 보면
머릿속에 남아있던 생각의 찌꺼기가
조금씩 녹아나고
맑고 고운 새소리
따스한 햇살이 전하는 편안함은
오늘 하루 살아 있다는 것이
행복하다고
느끼게 해 준다

2022. 11. 9.

친구와 만남

오일장이다
옛날 사돈끼리
장날 어디 앞에서 보자는
김 서방 서울 집 찾기 약속을
친구와 하고
친구를 장터에서
비밀작전 수행하듯
전화통화로 위치 확인해가며
이산가족 만나듯
촌스럽게 만났네
만나 점심 국밥 한 그릇에
장 구경에 사고 싶은 물건 서로 사 주며
하루를 잘 보내고 잘 도착했는지
안부 전화로 훈훈한 만남을 가졌다
환갑을 넘긴 나이에
병원에서 어깨수술 동기로 만나
서로 마음이 통하니
세월을 건너뛰고
마음 속 셈 없이 만나서
친구가 되는 것 보니
늙으나 젊으나 마음 씀씀이가

인연을 만들어 주고
내 마음의 작은 양보가 좀 더
마음을 열어 주면
그대가 수월하게 들어 올 수 있는 걸
먹고 산다는 핑계로
생업이 바쁘다는 이유로
마음의 문을 더 더디게 열어
많은 인연줄을 놓아 버린
바쁜 시절 보내며
살았던 시간이 아쉽네
하지만 지금이라도
열린 가슴으로 살 수 있어
나의 인생은 성공한 사례로 보아도
좋을 듯싶네
잠자리에 누워 오늘 일을 돌아보니
지금 나의 삶이 여유롭다
그래서 지금 이 순간이 만족스럽다

2022. 11. 9.

전깃줄에 새 모임

가을걷이 끝낸 아침 햇살은
구름 이불을 덮고
게으른 여유를 즐기고 있다
간밤에 또 서리 맞은
김장밭 무 배추는
햇살이 언제 퍼지나
이제나저제나 하고
도둑발로 서 있고
동네 앞 전깃줄에
수백 마리 산비둘기 들비둘기
참새 떼 줄 따라 늘어 앉아
인원 점검 중이고
다 모이면 서울로 데모하러
가려나 보다
추위는 다가오고
먹을 것은 없고
이 땅에 사는 날짐승도
생존권을 보장하고
기본 생활보호법으로
생존 보장하라고 갈 듯싶으네
그 뜻 잘 이루어져

너도 행복하고
나도 행복한
세상이 왔으면
참 좋겠네

2022. 11. 10.

헤어진 친구와의 재회

만남은 이별보다 좋다
오랫동안 이웃을 했던 사람이
어쩌다 보니 이사를 갔다
처음 그곳 삶에 적응이 힘들어
잊은 듯이 살았는데
오늘은 초대장 받고 간다
설레는 이 기분
심장이 뛰는 이 기분은
분명 보고픔이었고
떨어진 그리움의 이음 표시였다
점심 내내 웃음 꽃 화기애애하고
주고받는 선물 보따리에
만남의 다리가 놓이고
다시 볼 수 있는
반가움에 살아 있음이
감사한 하루
오늘 이 하루를
가을 햇빛에 잘 말려
천장에 매달아 두고
인생이 회고될 때마다
꺼내어 봐야겠네

창밖엔 단풍 달린 산들이
휘익 휘익 인연 없는 듯이 지나가고
핏줄같이 연결된 도로는
내 집을 찾아 준다

2022. 11. 10.

메주 쑤는 날의 생각

낮 햇살이 손바닥만큼
작아지는 계절이면
찬바람이 알려준 지혜
메주 쑤는 일은 한다
황금 알 같은 노란 콩알이
물에 맑은 소리를 내며
다이빙을 하고
작은 콩알이 뻥튀기 해
굴뚝 새알만큼 커지고
솥에 넣어 삶으면
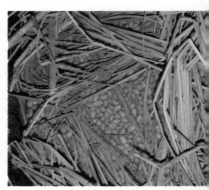
구수한 향기가 때가 되었음을 알린다
작 식힌 콩을 사람이 만든 인물 틀에 넣고
복제품을 만들어 긴 장대에 매달아
곶감 말리듯 겨우내 말리면
입맛 지키는 수호천사가 된다
짚 속에 숨어 있던 유익균이
메주 속으로 들어가
맛을 내고 겨우내 산다
우리 어머니 시절엔
결혼식 다음으로 큰 가정 연례행사고
이웃끼리 품앗이 명목으로

속닥잔치를 하는 날이었는데
우리 시대에는 사라져 가는 풍경이다
한 세대 전에는 못살아도 행복했는데
지금 세대에는 잘 먹고 잘 살아도
피곤하고 덜 행복하다
세상은 인간의 욕심만큼
행복하지 못한가 보다
한 세대가 가니
그 세대 번창했던 문물도
사람 따라
이사 가나 보다

2022. 11. 11.

조청 만들기

밥을 한다
엿기름을 넣고 따뜻한 온도에서
밥을 삭힌다
끓어도 안 되고 차가워도 안 되는
정확한 보온온도에 삭는다
신통방통한 인간의 기적소리
어찌 밥에 싹이 난 보리가루를
넣어야 삭는 줄 알았을까?
그다음 단계 삭힌 물을 졸이면
엿이 된다는 사실은
누가 알았을까?
신기하다 신기해
그 기술로 난 지금 증기선이
대양을 항해하듯
고래 물 뿜어내듯
수증기는 하늘을 향해 신호를 보내고
가마솥 속에는 지금 진짜와 가짜가
생사를 건 전쟁을 벌이고
남을 자와 사라져 갈 자를 구분한다
가짜는 뜨거워 못 견디고
수증기를 타고 하늘로 탈출하고

아무리 날쌘돌이라 해도
엉덩이가 뜨거워
참지 못하고 내뺀다
진짜의 마지막 암호
거품이 하나 둘 손을 들어
예쁜 그림으로 메아리져 오는
뽀글거리는 소리가 들릴 때
노 젓던 주걱을 들었다 놓으면
쏟아지는 빗물이 아니고
똑똑 떨어지는 빗방울이 될 때
비로소 조청이 된다
시간과 인내의 노력이 꿀 같은
단맛을 낸다
조청이 단맛이 나기까지
얼마나 많은 사람들이 노력했을까?
먼 옛날 어느 누가 실패 끝에
발견해 낸 이 걸작품을
즐기는 우리는
행복한 사람이다

2022. 11. 11.

하현달과 노인

새벽닭 울음소리가
꿈길까지 들려 와
가던 길 멈추고 돌아서 온다
노인네 삶이라 하룻밤 날이 새도록
푹 자기가 일하기보다
힘든 현실은 나만의 고민일까?
늦가을 이슬은 지붕과 인연을 맺어
지붕 끝에 떨어지는 낙숫물 소리는
사람 발자국 소리 같아
행여나 이른 새벽에 누가
날 찾아오나 하고 자꾸 뒤돌아보고
내 나이만큼 하룻밤 하늘을 홀로 지킨
서산에 걸린 하현달이
미련의 때가 벗겨져
희게 퇴색될 때까지
발길을 못 정하고
서성거리고 서 있구나
땅에 새벽은 내가 지키고
하늘의 새벽은
하현달 네가 지키는구나

2022. 11. 12.

단풍이 지던 날

어젯밤에는 아무도 몰래 밤을 새워
계절을 잊을 만큼 세차게 가을비가 내렸다
비가 온 후 아침에 하늘은 푸른 바다였고
노 저어가는 구름 배 한 척도 없었다
비가 몰고 온 찬바람은
산꼭대기에서부터 나무를 흔들어댄다
여기서도 불고 저기서도 불어오니
단풍잎으로 연 날리기 대회를 하는 듯
단풍잎은 허공에서 참새와 매가 되어
온갖 재주를 다 부리고
가을날 오후 한때를 아름다움으로
수 놓고 단풍잎이 허공에 그리는 그림
너무 이뻐서 그대에게 보여주고 싶다
떠나는 것 사라지는 것들은
아쉬움을 주지만
낙엽이 거름되어 새봄에는 이쁘고
건강한 나뭇잎이 돋아나겠지
내일이라는 희망이 있기에
단풍잎이 이쁘게 물들어 떨어져도
슬픔 대신에 아름다운 손짓으로 보낼 수 있다

2022. 11. 13.

밤비와 노인

어제 오전부터 구름과 태양이
숨바꼭질을 하며 뜸을 들이더니
저녁 하늘에 있어야 할
별과 달이 없다
어둠사리가 안개 밀려오듯
나풀나풀 밀려드니
어둠 속에 숨었던
빗방울 하나 떨어지고
오나 싶어 기다려보면
소식 없고 잊을 만큼 지나면
또 한 방울 보초병처럼 나타나더니
어둠이 농도가 진해질수록
빗방울이 물타기를 해
밤비가 일로 삼고 온다
어둠 뒤에 숨어든 비가
까만 어둠이 씻겨 하얗게
변할 때까지 올는지
시작하는 폼이 가을비가 아닌
여름비처럼 빗방울은 판넬지붕을
북 치고 장구 치고 신명 나게 뛰고 놀며
나더러 함께 놀자고 잠을 깨운다

밤비는 빗물이 되어
내 마음속으로 스며들고
근심걱정이 싹을 틔워
이 생각 저 생각이 심장을
팥죽 끓이듯이 부글거리게 하고
심장 뜀박질에 놀란 잠은
저 멀리 도망가고
두 눈은 토끼 눈 모양
말똥 말똥 모처럼 깊은 잠 자겠다고
초저녁부터 공들인 잠인데
한숨 자고 난
오늘 밤 잠은 공 치겠구나

2022. 11. 13.

수수 빗자루

가을걷이 끝낸 단풍잎 지는 계절에
오후 햇살은 김장밭 배추 잎만큼 짧다
바빠서 미루어 온 일
한가한 시간에 수수대로
빗자루를 만든다
수수 심어 알도 먹고
꿩도 먹으려 했는데
수수알 익는다고 소문도 안 내고 있었는데
눈치 빠른 참새는
장부에다 심은 날짜
심은 곳 적어 놓고
오며 가며 확인한다
인간이 수수집 속에 수수알이 꽉꽉 차면
수확하려던 인간의 욕심에 기다림보다
작은 생존에 욕심을 가진
참새의 한 수 빠름이
사람보다 먼저 영양식으로 가져가고
내 몫은 빗자루대 뿐이다
억울해서 빗자루를 만든다
빗자루 두 자루면
한 해 마당 살림살이 풍족하다

힘들어도 몇 자루 더 매어
형님도 하나 아지매도 하나
나누어 줘야겠다
필요 없는 듯싶어도 꼭 필요한 것이
빗자루이니까

2022. 11. 14.

노년의 삶

일기 예보에 비가 온다고
예보되어 있다
비 오기 전에 가을걷이 끝내려고
무리하게 일했더니
일 끝나자 노후화된
몸도 허리도 다리 머리까지
전국에서 상소문이 올라온다
굴신이 힘들어 누울 자리만 보이고
인생이 고달파지면 생각나는 또 다른 그림
배를 타고 멀미한 듯 기운 없어라
내 몸이 저울이고 일기예보 기계다
면역력이 약하다 보니
주위환경이 조금만 변해도
민감해 지고 환경 변화가 싫다
그만큼 활력이 없다
금이 간 질그릇 움직이듯
조심스레 움직임이 보신의 길이다
평범한 하루가
특별한 하루가 되어가는
노년의 일상이 서글퍼진다

2022. 11. 15.

그믐달

동짓달 춥고 긴 밤의 어둠은
산속같이 깊은데
모두 다 잠을 자는지
인기척도 없고 불빛 움직임도 없다
서쪽으로 기운 별은 눈치 없이
그믐달 보고 얼른 오라 손짓하고
님 본지 오래된 달은
걸음걸이가 굼뜨다
새벽이 코앞인데
아직도 동녘 하늘을 서성이고
아마도 아침 해 손이라도
한번 잡아 볼 심산인가 보다
초승달은 초저녁 잠깐 선보이고
금방 낭군님 품속으로 안겨 가는데
그믐달은 해 질 녘에 아이 기다리는 어미같이
일 마치고 돌아오는 서방님 기다리는 색시같이
애틋한 마음으로 골목길 서성이듯
아침이 오는 언덕에서
홀로 외로이
이 한밤을 다 지새워가네

2022. 11. 18.

시골 아침

동녘 하늘이 단풍잎같이
붉게 타오르면
아침 안개는 강물 따라 줄을 서고
햇살이 내려주는 밧줄을 타고
하늘 여행길 떠나기 위해
대기 중이고 안개 걷힌 들판에
하얀 서리가 숨 가쁜 입김을 내 뿜는다
옹기종기 모여 앉은 시골동네
한옥 양옥 뒤섞여
어깨를 맞대고
의좋은 풍경은 보기가 좋다
아침 밥 짓는 연기가 굴뚝에서
붓이 되어 동네 한 바퀴를
이쁜 그림으로 채워가고
가마솥에서 익어가는 소여물 향기가
넉넉한 하루의 시작을 알렸는데
우리 어릴 적 추억은 세월 따라
봇짐 싸서 가고 없는지
지금은 아침을 해 먹는지 마는지
연기 한 올 없는 시골동네 풍경이네
아침이 되어도

아무런 움직임이 없으니
활력이 없는 것이
꼭 내 마음 열정 같네
옛정을 그리워하는 것을 보니
나도 세상을 살 만큼 산 나이인가 보다

2022. 11. 15.

투 자

나이 들어 노동일이 버거워
자본으로 경제 활동해
가정사 일신사 도움이 될까 싶어
시작한 투자
무얼 잘못 짚었는지
투자가 투기가 되어
돌아온 현실
한 사람 업고
강물을 헤엄쳐 오는 형국이네
이럴 줄 알았다면
점집에 가 대통이라도
한 번 흔들어 보고 가야 했을까?
빈집 서가래 내려앉듯
얼음장이 꺼지듯
내 마음도 폭삭 내려앉고
망연자실이네
팔자에 없는
호사 한번 해 보겠다고 한 일
도로아미타불이네
송충이는 솔잎을 먹어야 한다는
옛말 따라 이문이 작아도

힘이 들어도 내 가던 길 가고
다소 불편해도 내 손에 익은 연장을 쓰며
조금 더 느리게 살면 되겠지
가던 길 힘이 들면 되돌아가는 것도
용기이고 지혜이니까

2022. 11. 15.

무, 배추 뽑는 날

가을 산 단풍잎도 찬바람을 타고
들판으로 내려앉는다
하늘은 높고 푸르기만 한데
찬바람은 어디서 오는 걸까?
찬바람도 따뜻한 걸 좋아하는지
배추 잎 속으로 파고 들고
배추도 춥다고 잎을 다물다 보니
통통한 절구통이 되는구나
하얀 무서리에 무 배추 겉잎이 얼어
풀 먹은 문종이처럼 빳빳해지면
수확해 김장을 담근다
수박통만큼 큰 무를 뽑을 때
아들 시험지 백 점 맞은 것처럼 흐뭇하다
절구통만큼 큰 배추통을 들고
아이고 무거워라 엄살을 떨면서도 웃음이 난다
다람쥐 도토리 저장하듯
땅을 파고 굴을 만들어
무를 하나, 둘 신문지에 싸서
비닐로 포장해 넣으면
하루 종일 행복하다

2022. 11. 16.

김장하는 날

기세등등한 배추를 뽑아
거친 겉잎은 닭 먹이로 주고
노란 속살을 소금 친 물에 넣고 기를 죽인다
기름 먹은 가죽처럼 나긋나긋 부드러워지면
신부 꽃가마 태워가듯 물 잘 빠지는
소쿠리에 올려 앉혀 놓고 땅에서 바다에서
한 맛 한다는 명문거족을
양념으로 잘 버무려 고춧가루 옷 입히면
양념 준비 끝나고
기죽어 고분고분해진 배추 잎에 연지 곤지 찍고
선보러 가는 아가씨 입술같이
이쁘게 바르면
배추 시집가는 날이네
이웃 아낙 다 모여
희희낙락 온갖 동네 소문 다 듣고 와
이야기에 추임새 양념을 뿌리며
너 한잔 내 한잔 술맛에 한잔
안주 김장김치에 홀려 또 한잔
김장하는 날은 동네 아낙들도
행복이 충전되는 하루네

2022. 11. 16.

초겨울 아침 풍경

초겨울 밤하늘은 매우 평화로웠다
맑은 밤하늘에 별빛은 유독 반짝거렸고
그믐달도 별빛이 놀다
지나간 먼발치에서
혼자 잘 놀던 새벽이었는데
무, 배추는 나 죽었다 하고
기절해 있고
하얀 무서리는 들판을 색칠하고
시간이 남았는지
반짝이까지 붙여놓았네
개구쟁이 노루 한 마리
이웃 동네 마실 갔다가
데이트 성공이라도 했는지
들판을 운동장 삼아
천방지축으로 뛰며
하얀 입김을 토해 내고
들판을 이리저리 우왕좌왕거리며
뛰는 폼이 출근길 바빠 허둥대는 내 모습 같다
흘러가는 강물이 속닥거리는 이야기가
소문이 되어 아침 안개로 모락모락 피어나
아침 태양에 얼굴을 가리고

추위에 밤새도록 고민이 많았는지
강가에 갈대 수염이 희게 변하고
그 모습 물결에 비춰보곤
신세타령이 한창이네
단풍잎 은행잎
모두 다 나가 떨어지고
노오란 국화만 이팔청춘인 양
골목길에 서서 꽃망울 피기도 하고
지기도 하며
머리를 살살 흔들며 웃고 서 있네

2022. 11. 18.

삶에 겨울이 오면

동짓달 기나긴 밤에
무서리는 수북이 내리고
찬 기운이 뼛속까지 시리다
밀 씨앗을 뿌리는 농심을
땅이 알아차리고
땅은 속삭임으로
밀씨가 잘 올라올 수 있도록
용기와 기운을 북돋워 주고
어느 날 문득 바라보니
콩나물 크듯 파릇파릇
이쁘게도 올라왔구나
밀싹이 짙어지면
푸른 하늘 아래
구름 있고
구름 밑에 엘도라도를 찾아
헤매는 기러기떼 있고
푸른 밀밭을 찾으면
허기진 배 채우겠지
겨울날이 아무리 모질게 차가워도
우리는 몇 해를 살아봐서 아는데
시간이 가면 따뜻한 봄이 온다는 걸

경험을 통해 안다
세상에는 음과 양의 균형으로
평형을 맞추고
인간사 또한 길흉화복으로
인생의 평균을 맞추는 것
여보시게 삶이 힘들어도
그것은 지나가는 바람일세
바람이 거세긴 해도
느낌은 길어도
지나고 보면 한순간일세
인생길 힘들어도
가다 보면 가볼 만하고
모든 일은 시간이 다 해결해 주고
아무 말 말고
끝까지 가다 보면
만사 형통수가 보인다네

2022. 11. 19.

입원하는 날

살다 보니 살아 가보니
삶에 그림자 참 질긴 인연이더라
예전에 벌인 일 까먹지도 않고
이렇게 표현을 한다
잘 살고 못 살고는
미리 준비해 둔 것에 차이
준비 없이 맞이하는 무작정 사는 삶은
현재는 걱정이 없어도
앞길은 험하더라
인생길 지나가는 과정을
즐기는 일이라 해도
결과가 좋으면
만사형통의 열쇠
살아보니 노력만 중요한 것이 아니고
운세가 더 큰 작용을 하더라
지금까지는 요행이 디딤돌을 잘 건너왔는데
환갑을 넘어서니
헛다리도 짚어 오늘 어깨 수술하러
병원에 입원하는 날
팔을 원도 한도 없이 많이 써
힘줄이 끊어졌다네

후회 없이 열심히 살았나 보다
나이 먹으니 노후화된 몸이
여기서도 고장신고를 보내고
하나 수리하면 또 하나 고장이 나고
이래저래 청춘이 부러운 하루네

2022. 11. 21.

병원 입원

가을 햇살이 병아리 먹이 쪼아 먹듯
내리쪼이고
갈 곳 못 정한 거리에 가로수 낙엽은
할 일 없는 사람같이
이리저리 왔다 갔다 하고
하늘 흰 구름 조각은
이웃집 아지매 빨래를 해
널어놓은 듯이
펄럭인다
꿀벌 벌집 드나들 듯
차들이 들락날락거리는 병원
받아 놓은 수술날짜는 어김없이 오고
흘러가는 세월은 에누리가 없고
저울 눈금보다 더 정확하게 셈을 한다
내일이면 수술 날짜
수술해 봐서 아는데
오늘은 불안해도 행복한 천국
내일은 통증에 지옥을 지나간다
이 고개 넘어서면 평화가 있는 걸 알기에
눈 딱 감고 고통 지옥길 갈란다
시간 속에 벌어지는 이 만사가

삶이란 틀 속에 주물럭 반죽을 하면
인생길이란 연극이 된다
오늘 하루도 인생 연극 저물어간다

2022. 11. 21.

주삿바늘

정해진 날짜는 기다리지 않아도
시간이 되면 찾아오는 사채업자같이
쏜살같이 다가온다
낯설고 익숙하지 않은 병원 입원 피하고 싶다
옛말에 병원 경찰서 교도소 인생 삼재는 피하라 했는데
환갑 지나고 보니
몸 움직임이 굼떠 질병에 붙잡혀
병원 입원 신세 지네
아무리 점괘를 뽑아봐도
방법은 수술이라는 외통수 처방뿐
가기 싫어 밀려가는 물결처럼
마지못해 입원한다
간호사 말 한마디 무섭다
주삿바늘을 꼽아야 한단다
이런 무서운 말 싫은데
미룰 때까지 미루어 보자
한 번 꼽으면 퇴원할 때까지
낚싯바늘 물고 후회하는 물고기처럼
바늘 꼽힌 채 포로가 되어
불편한 동거를 해야 하니까
주삿바늘이 혈관을 찾아들 때

그 미묘한 아픔이 오장육부까지 녹아들어
전기에 감전된 듯이
모래사장을 파고드는 파도같이
끈질기게 저려온다
최대한 늦게 꼽고 싶다 꼽는 순간부터 아프니까
이 밤이 무섭구나

2022. 11. 21.

수술 후

수술 후 마취가 깰 때
그때 나오는 소리는
절망 끝에 나오는 노래
팔월 땡빛 나뭇가지 아래서
피를 토하며 부르는
삶이 멍들어 가는 매미의 울음소리같이
애절하고 고통이 호소하는 절규다
수술이 잘되어 아픔 없는 세상에 인도해 주시길
신께 드리는 간절한 소망은
주 예수 기도문보다 더 절실하고 간절하다
고통이 마음과 몸을 덮을 때
딴 마음은 하나도 없고 오로지 마음은 단 하나로
본래대로 돌아가는 것
통증은 신경을 타고 뇌 속으로 파고들면
인간의 오욕칠정은 사라지고
고통의 통증만 남는 것
어쩌다 저쩌다 인연이 다한 묵은 인연은 가고
새로운 인연의 만남이 이렇게
요란한 고통의 아픔으로 시작되는 것은
삶이 무엇이냐고?
인생이 별것 아니라고?

대드는 인간들에게
인생진리를 가르쳐
주는 신의 대답이다

2022. 11. 22.

수술을 앞둔 마음

긴장감은 밀물처럼 밀려와
세상을 꽉 채우고
두려움은 문밖에 선
나그네 같이 서성이고
잠 못 이룬 밤은 몸 뒤척임으로 남겨지고
개벽의 아침 창이 밝아오면
피하고 싶은 순간이 다가온다
고통의 순간이 두렵고 피하고 싶지만
고통은 희망의 기회이기도 하기에
이 희망에 행복을 걸고 수술을 한다
맑고 푸른 강물에 빨래하면
마음속까지 개운한 느낌이 들듯
이번 수술 때 아픈 부위에
잡초 씨앗 태우듯 깨끗하게 태워
아픈 흔적없이 본래의 모습대로
돌아갔으면 좋겠네

2022. 11. 22.

병실에서

큰 빌딩 그림자는
햇빛으로 카드 섹션을 벌리고
가로수길 따라 단풍잎도 따라간다
신호등불 놀이에 차들은
아이들이 하는 놀이
무궁화꽃이 피었습니다와 같이
전진 멈춤을 반복하고
여기 이 병실에 사람은
세상일 밖에서 기계 수리를 하고 있다
솜씨 좋은 기술자가
이래저래 뚝딱 맞추고 보면
신품만 못해도
중고치고는 쓸만한 제품이 된다
세상 틀 밖에서 세상을 바라보니
하고픈 일도 많고
해야 할 일고 많구나
이 몸이 나아서 나가면
무슨 일인들 못 할까? 싶네

2022. 11. 23.

병원 생활

오인의 병실에서
과거의 나
현재의 나
미래의 내 모습을 본다
이것도 인생 길동무 인연이라고
서로 좋은 말 많이 하고
힘내라고 응원한다
사람 모습 제각각이듯이
병 또한 제각각이라네
한지붕 아래 동거한다고
동병상련을 느낀다
시간이 지겨우면 살아온 일
재미 난 이야기로
긴 밤을 웃음으로 공유한다
간호사들의 친절한 서비스가
고마움으로 마음을 적시고
훈훈한 인간들의 정이
창가에 불빛 새듯이
도시의 빌딩 사이로 번져간다

2022. 11. 23.

거리 풍경

분주한 병원에 밤도
한고비를 넘겼는지
고요한 품속으로 파고들고
불면으로 잠 안 오는 환자 몇 명이
티브이가 풀어내는
재미있는 이야기 속으로 빠져들어
잠과 밤을 바꾸어 먹는다
밤을 잘 지내는 이는
병원 입원생활에 이력이 있어
느낌 다른 포스를 주고
늦은 밤에 가로등은
조는지 관심이 없는지
초점 없는 눈빛이
거리를 지키고 있고
도로를 달리는 차 불빛은
신호등의 지시에 따라
질서 정연하고
님 기다리는 아파트 창문은
오늘도 환하게
웃고 있네

2022. 11. 23.

나는 잠 안 오는데

한방에 집벽이라고
천막이 다섯 개 쳐있고
천막 속에서 새록새록 들리는 숨소리
오늘은 무슨 꿈을 꾸길래
이다지도 요란하게 자는가?
나를 찾아올 잠 손님은
번지수를 못 찾고 어디서 헤매는지
연락도 없이
내가 이렇게 애타게 기다리는 줄도 모르고
내 마음 아는지 모르는지 오리무중
다들 무아지경 속에 빠져
세상이 있는지 없는지도
모르고 잘 자는데
왜 나만 통증을 부여잡고
고민을 해야 하는가?
행여 다른 사람 방해될까 봐
자는 척하고 누워 있어 봐도
화닥정만 나고 화롯불에 된장국 닳듯
마음만 부글거리네

2022. 11. 23.

병실의 밤

병원에 밤도 병원 창밖 세상과 같이
어둠이 모였다 흩어졌다 하며
시간에 일수를 헤아리고 있다
병원 안에 밤도
인간에 오욕칠정이 존재하고
하늘에 구름같이 짧은 인연으로
만났다 헤어짐을 반복한다
오늘 밤에는 너무나 평화롭다
통증으로 신음하는 소리도 없다
나처럼 아파도 다른 사람
잠자는 데 방해될까 봐
참고 있는지 생사를 건
마지막 결투를 준비하고 있는지 몰라도
침묵보다 더 고요하다
큰 고통보다 작은 고통이
행복을 느끼는 작은 소망에 꽃들이 모여
병실은 희망의 등불로 꺼지지 않는다

2022. 11. 25.

공장 굴뚝

도시에 아침은 모두 다 바쁘다
한나절도 안 지났는데
벌써부터 높은 빌딩 사이로
하얀 연기가 몇 층을 쌓아 올려
빌딩보다 더 높고
하늘에 해는 해인지 달인지
분간이 안 갈 정도로 희미하다
공장 굴뚝은
식구들 먹여 살리겠다고 바쁘고
옆집 굴뚝의 거친 숨결보다
더 높이 더 길게 하늘로 향해
가쁜 입김을 토해내고
시간이 갈수록
하늘의 농도는 진해간다
공장 굴뚝이 그리는 미래의 모습은
어떤 형상으로 다가올지
약간 걱정스럽네

2022. 11. 25.

아픔이 지나가면

어둠이 도시에 유리창을 가릴 때
퇴근길에서 돌아온 직장인
하루 일을 마치고 행복한 저녁을 준비한다
식탁을 둘러앉아
가족들이 나누어 먹는 저녁 식사에
주고받는 하루에 대화
행복한 웃음이 넘쳐나고
그 행복이 병원에서
비추는 불빛 따라 스며들어
아픈 환자들의 가슴에 희망의
불꽃으로 점화된다
통증은 침략군처럼 불쑥불쑥 나타나
고통의 아픔으로 다가오지만
비 온 뒤 땅이 굳어지듯이
진흙탕 같고 뻘 같이 힘든
이 순간이 지나고 나면 또 다른 행복을 주겠지
아픔과 통증은 인간사에서 맛보는
최고의 힘든 일
이 일 지나고 나면 내 삶의 키는 훌쩍 자라나
좀 더 먼 길을 여유롭게 보며 갈 수 있겠지

2022. 11. 25.

사랑 고백

단풍과 바람은 가을밤 온기로
대화를 즐긴다
님 기다리다
별빛 등 헤아리다
달빛 등 아래서
너에게 편지를 쓴다
여름날 뜨거웠던
햇살의 열정도
철이 들어가고
가을날의 화려한 뽐냄도
한발씩 물러난

여유로운 그림을 그려본다
화려한 색채 대신 조금 덜 반짝거려도
겨울 초입에서 그려보면
그대 모습은 이래 봐도 저래 봐도
내 마음에 무지개다리를 놓고
그 다리 건너 그대 마음이
내 가슴 품에 안겨올 때
난 바람이 잘 통하는 언덕에 서서
사랑에 피리를 분다
내가 좋아하는 마음이
이쁜 모습으로 그대 마음에 자리 잡으면
아마도 내가 너를 사랑으로 품고
이 계절이 가기 전에
이쁜 모습으로 몸단장하고
꽃다발 하나 사서 들고
너에게로 내 사랑 고백하러 가고 싶다

2022. 11. 25.

퇴원 날을 기다리며

밝은 등불 아래서도
밤낮은 오고 가는 것
병실에 입원 오 일째
모든 것이 어설픈 푼수
시간 따라 조금씩
조금씩 익숙해 간다
밤새 통증으로 일진일퇴
공방을 벌이다 보니
잠 못 이룬 밤이라서 그런지
몸이 나른하다
창밖은 밝아오고
출근길 청소 아지매
씩씩한 인사소리가
아침을 들어올려 가볍게 하고
따뜻한 물 한잔이 그리워 휴게실로 간다
가는 걸음걸이가 옷이 안 맞아서 그런지
내 스스로 어색하다
환자복 입은 사람들은 잘나고 못나고 없이
모두 다 어중간하다
헐렁한 바지 헝클어진 머리카락
모양은 그기서 그기다

한두 번 입원이 아니라서
적응할 때도 된 것 같은데
해 질 녁 엄마 기다리는
아이처럼 퇴원할 날짜
오늘도 손꼽아 헤아리는 나는 어린아이

2022. 11. 26.

퇴 원

밤새 세상을 사랑했던
밤이슬의 달콤한 입맞춤이
가슴 설렘만 남겨두고
아침 햇살을 타고
하늘로 돌아가고
고운 꽃잎이 아침 벌을 만나듯
나비가 꽃잎에 속삭임을 듣듯
만남은 짧은 한순간일지라도
그 만남에 여운은 유행가 가사처럼
머릿속을 맴돌고
오늘도 짧고 작은 인연 하나가
그리움에 긴 향기를 남기고
또 떠나간다
연기처럼 나타났다
찰나의 복음처럼
사라져 간 인연들은
언제쯤 보고픔으로 다가설까?
만났다 헤어짐은 인간사 필연이지만
반복되는 진리가 너무하다 싶네
세상순리가 조금 억울하다 싶을 때
떠나가는 그대를 위해

난 노래를 불러야 하나?
시를 적어야 하나?
해결 없는 방법에
오늘도 작은 고민 하나 추가네

2022. 11. 26.

병실에서

거리에 빌딩은 가로수길 따라

군대 신병 군기 들어

일사불란하듯 가로줄 세로줄을

딱 맞추어 대기 중이고

도로는 푸른 왕방울 신호등이

고스톱 놀이를 즐기는데

크고 작은 차들이

서다 가다를 반복하네

밤이 깊어 드문드문 지나가는 자동차

귀갓길 늦을라 어서 오라고

빠른 패를 돌리고

어린아이는 아빠가 집에 오기도 전에

벌써 꿈나라 별나라 동화 속으로 여행을 떠나고

병원에서 보내는 환자들의 밤은

통증과 불면에 밤이 어둠 속에 퇴색되어가고

어둠에 빈자리를 안개가 채우고

안개 빈자리를

아침 햇살이 살금살금 채워갈 때

언덕에 도토리 굴러가듯

잠 길을 가로질러오는

병원 수레바퀴소리 따라

간호사가 문을 노크하고
밤새 환자와 질병과의 씨름에
누가 유리한지 점수를 매긴다
오늘도 햇빛과 달빛이 어울러
세상일을 풀 만능 열쇠를 만들어 두고
주인이 찾아가기를 기다리고 있네

2022. 11. 27.

핸드폰

햇살이 그리는 하루 여행
반고개 넘어 서있네
동짓달 짧은 하루
숨 몇 번 몰아쉬니
저녁나절 다 되어
건물 그림자가
창을 담쟁이 넝쿨 타오르듯
물이 차오르고
퇴근시간이 다 되어 가는지
배고픔이 신호를 준다
시간을 건너뛸 수 없어

핸드폰으로 시간과 시간을
연결고리로 만들고
그래도 저녁 시간 못 채우면
휴게실에서 티브이로 빈 머리에
영상을 복사해
붙여 넣기를 해 보지만
인간의 뇌는 재미있다고 도파민 물질을
만들어 내지 않았는지
기분이 시큰둥하네
무엇이 지금 이 순간을 행복하게 할까?
곰곰이 생각해 봐도
인간 오장 칠부인
핸드폰만 만지작거린다

2022. 11. 27.

겨울비 후 한파

빈 하늘에 태양 몰래
실구름은 한 가닥 두 가닥 엮더니
어느새 태양은 구름천으로 가려지고
짙은 하늘에서 비가 온다
비행기도 아닌데
어찌 무겁고 많은 물을 싣고 다니는지
궁금도 하다
어떤 곳에는 꽃밭에 물 주듯
곱게 뿌리고
목말라 갈증 나는 곳
모르는 채
눈 감고 그냥 지나간다
비가 내리고 안 내리고 하는 것은
누구의 생각인지 궁금하네
어젯밤에는 소박맞은 여인
할 말 많듯이
밤이 새고 이튿날 오전이 저물어 갈 때까지
비 퍼부었는데
속상한 구름 이제는 마음이 풀렸는지
비 아니 오고 흐린 날씨는 땅을 포위하고
시간과 농성 중이네

늦가을 개울 낙엽은 골짜기 따라
물길 따라 다 떠내려가고
추수 끝난 빈 논에 청둥오리
임시 수영장이 생겼네
오늘 밤에
강한 추위가 바람을 타고
온다는 일기예보 있더라
추위에 후들겨 맞아
국화 목 얼어 빠지기 전에
화분 피난시키고
그 푸른 잎새 보며
겨울 한 철
잘 친해 봐야겠구나
그래야 내가 행복하니까

2022. 11. 29.

고통의 종말

인간은 신의 뜻 몰라도
로봇 MRI는 인간의 몸속 다 안다
의사가 수술 전에 MRI, CT, X레이
찍어 물어보고 하듯이
저승사자 인간 목숨 의사에게
물어봐야 데려갈 수 있다
그러면 인간사 길흉화복은
누가 쓰다 버린 물건인가?
그것은 인간 뇌에서 출발한
들숨과 날숨의 욕망이 오욕칠정을
만들어 내고 오욕칠정은 그물보다
더 질긴 미련을 만들어 인간들을
그 틀에 가둔다
하늘에 해와 달이 양과 음을 만들어
세월로 시간에 꼬리표를 달면
만물은 길흉화복이 일어나고
그 조화에 울고 웃는다
모든 미련과 욕망을 강제로 포기하도록
종용하는 것이 고통이고
각각 다른 삶을 살아도
만물이 똑같아지는 지점은 죽음이다

죽음 이후의 세계는
만물이 공평한 세상이
열린다

2022. 11. 30.

마지막 고통이 끝나갈 쯤

밤은 바다같이 깊고 고요한데
풍랑에 표류하는 조각배같이
요란하게 고통이 잠 길을 들락거린다
짧고 깊은 통증의 울림은
북풍한설에 바지 둥둥 걷어 올리고
맨발로 강을 건너갈 때
걸음 걸을 때마다 송곳 찌르듯이
파고드는 시린 차가움처럼
아픔이 심장을 찌르면
심장은 그 놀라움에
물밖에 끌려 나온
물고기 모양 펄떡이고
참다못해 터져 나오는
신음소리는 방문을 넘는다
잠은 왜 이리 짧고
밤은 화로 옆 엿가락같이
길게 늘어나는지
아픔이 헤아리는 불면의 밤은
참으로 길기도 하다
통증에 고통은 신선이 되고도 남을 만큼
오랜 세월 동안 쌓아 온

욕심의 탑보다도
질긴 세상살이 미련
한 가닥 두 가닥 잘라간다
이 미련 다 끊어지면
현재 내 자리 아무런 조건 없이
이유 없이 산 넘어가는 구름처럼
진짜 신선에 마음이 되어
나룻배 강 건너가듯
부드럽게 떠날 수 있겠네
시간이 되면 누구나 이루어지는
마음에 평정심 좀 더 일찍 알았다면
신선이 되어 물에 건져 나온
물고기처럼 안 살고
소나무 위에 앉은 학처럼
살았을 텐데
아쉬워라

2022. 11. 30.

나는 몰라

꽃잎이 지면 꽃잎은 어디로 가나
단풍잎이 지면 단풍잎은
무슨 소식 들려주나
님 떠난 자리 이별 자욱 남고
지나간 세월은 추억에 상처를 남긴다
청춘에 울고 간 파랑새는
지금은 어디에 있느냐?
서산 푸른 솔에 걸린 달은
무슨 미련 때문에
그 고개 못 넘어가나
뒤를 돌아봐도
앞을 훑어봐도
세월은 흔적 없고
간밤에 강추위에
고개 숙인 노란 국화꽃
매만지는 나는 무슨 마음일까?
오늘도 오다가다 만난 인연 줄 중에
어느 가닥이 내일로 이어주는
진짜 가닥인지
알 수가 없네

2022. 11. 30.

북풍한설

도로를 점거하고 억울해서
그냥 못 간다고 목숨 걸고
투쟁하는 노조처럼
농성 중이던 단풍잎도 북풍한설
찬 바람 앞에 낙엽 되어
길 밖에 흩어져 고개 숙이고
나 잘났다고 우기던 국화꽃도
추위에 떨다 지쳐
그 높은 자존심
땅속 뿌리 속까지 후퇴하고
버림받은 연인처럼
초라하게 서 있네
동장군으로 정권이 바뀌니
찬 기운 기세가 대단하다
만물은 움츠러들고
추위에 몸이 떨리니
외로움도 한편인지
마음속에 자리를 잡는다
이럴 때 따뜻한 위로가 필요해
바쁜 걸음으로 귀갓길 재촉하네

2022. 12. 1.

수술 후 회복 중

오늘도 태양은 하루 일과를 마치고
서쪽 하늘 한 모퉁이부터
붉은 저녁노을 이쁘게 이쁘게
그려 나오고 있다
지는 햇살은 부드러운 붓에
연한 분홍 빛깔의 고운 색을 찍어
창문을 넘어와
꽃이 지고 난 꽃잎처럼
서리 맞고 맥 빠진 호박 덩굴처럼
초라해진 내 손 잡아주네
수술 후 링겔 수액 방울은

아픈 몸에 생명수 되고
늦서리 찬바람 고통이
새싹 잎끝을 말려와도
봄빛이 응원하는
용기에 자라나듯
수술 후 나도 내 손자 손녀가 잡아주는
따뜻한 사랑의 온기가
내 몸에 굳은 피를 다시 돌게 하고
수술 후 통증이 칼질해 와도
희망이 있기에 참을 수 있다
손자 잇몸에 하얀 이빨 돋아나듯
어느 날 나도 예전에 젊었을 때
섰던 그 자리에 아무 일 없이
다시 설 수 있으리라

2022. 12. 3.

초겨울 호수 풍경

계절은 스치고 지나가는
인연처럼 온다
온다 간다 말 없이
자리 비운 산하에
새로운 계절은
삭풍에 팔랑이는
나뭇잎 깃발소리 앞세우고
기세등등한 찬 기운 바람 따라
남사당패 재주넘듯
송골매처럼
공중에 떠올랐다
아낙네 마당 비질하듯
야무지게 땅을 싹 쓸어치우고
땅속까지 훤히 들여다본다
무서리의 채찍에 놀란 국화는
꽃송이 꽃
잔치상도 내팽개치고
뿌리 옆 땅 위에
작은 잎새 올려
목숨 부지하고 있다고
양반 체면치레

급급하네
만물이 냉기를 피해
땅속 굴로 숨어들고
달빛에 한 무리
기러기 떼
고향 찾아 돌아온 것인지
객지에 먹고 살려고
피난 온 것인지
모르겠지만
물속 물고기 방공호 속으로
안 숨으면
목숨 부지 힘들게 생겼네

2022. 12. 3.

12월의 햇살

옥수수 알 빼 먹듯
하루하루 다 빼 쓰고
이젠 허접한 달력 한 장 벽에
기대어 서 있고
마지막 며칠 다 빼 먹으면
올 한 해는 빈껍데기
늙어가는 할배는
아쉬운 날들이고
삶에 열심인 아들은 쓰고
남은 싸래기 시간
다시 모아
쓰고픈 귀한 시간
한 해의 손자 시간은
세상을 멀리 볼 수 있는
디딤돌이 된다
정해진 똑같은
시간의 양
세대에 따라
그 흐름 속도 느낌 다르고
겨울 햇빛에 졸고 있는
노인의 지금 이 시간은

지나온 나의 추억의 길이고
어린 손자와 나누는
지금의 대화의 재미는
내 생명의 거미줄만큼
 힘을 보태고
릴레이 선수 다음 주자에게
바톤 터치하고
그다음 선수 몸 푸는 모습 지켜보는
특별하지 않은 보통 사람의
평범한 행복이 그리는 그림
한 페이지를 장식하는 하루네

2022. 12. 4.

꽃바구니

동짓달 햇빛 없는 날씨는
매운 고추 먹고 난 입처럼 사람 몸 불편하게 한다
춥고 삭막한 날씨 사람 인상 쓰기 좋은 날이다
초인종 소리와 함께 배달되어 온 꽃바구니
의미 있는 날 받으니 기쁘다
꽃바구니 탄 꽃은 기분이 좋은지 싱글벙글이네
꽃마다 의미 있는 꽃말이 있겠지만 가지 수 헤어보니
열 가지 꽃이 조화를 잘 이루어
받는 사람에게 생기를 넣어준다
이름은 몰라도 색깔의 조화가
고마운 마음 불러오고
보낸 이 마음이 꽃향기에 실려 와
마음은 저녁노을 물들 듯 행복으로 물들어간다
또 한 해 잘 살았구나 싶고
지난 추억이 들려주는 종소리 이야기 되새기며
다가올 내년도에도 멋지게 잘 살아
감사하는 마음으로 보내는
축하 꽃바구니 받아야겠구나 하고
나 혼자 은근슬쩍 다짐해 보는
생일날 저녁이구나

2022. 12. 5.

가는 세월

동짓달 짧은 햇살은
나 몰라라 하고
저녁노을 속으로 숨고
날짐승은 집을 찾아 둥지로 가고
들짐승은 집을 찾아 굴로 간다
무주공산 텅 빈 하늘에 누가 차 넘겼는지
동쪽 산 넘어 축구공 하나가 굴러 온다
누구와 누가 벌리는 게임인지 모르지만
골대도 골키퍼도 보이지 않는다
땅의 당김인지 해의 유혹인지 몰라도
세월의 발길질에 잘도 굴러간다
보이지 않는 수비수 구름은 언제 나와
태클로 막아서나 별들이 아웃사이드라고
경고하는 경고 줄 잘도 피해 굴러오는구나
시간도 못 막고
구름도 못 막는 둥근 달을
뽑힌 선수는 아니지만
타임머신을 타고 서산마루에 올라
감 따던 장대로 달을 홀리고 낚아채
끌어내려 가는 세월 한번 막아볼까?

2022. 12. 5.